我所預感的悲傷未來

いつかの岸辺に跳ねていく

加納朋子 著
韓宛庭 譯

目錄

第一章

平坦

Flat

1

世界上最難懂也最有趣的生物，大概就是人類了。我——森野護，最近突然產生這個想法，對此頗有感觸。

因為不懂，所以有趣。因為不懂，所以想了解。當然，視情形也會因為不懂而害怕，想要躲避。有些人無論你費盡多少力氣也無法互通心意；同樣地，有些人則是你根本無意了解。但就整體而言，我喜歡人類這種生物（人類以外的動物也大致喜歡）。

其中又以平石徹子這個人特別難懂，也特別有趣。我是這麼認為的。

所以，我想聊聊徹子的故事。

我和徹子是鄰居，幼兒園到國中都同校，你要說我們是青梅竹馬也行。我們很常同班，頻繁到不可思議。我想，這就叫孽緣吧。再說，無論我們有沒有同班，我都很容易聽到、看到徹子的言行舉動。回過神來，她已經在我的視線範圍了。

在此聲明，讀到這裡，肯定有人心想「齁——」。

本人要以最嚴正的態度鄭重否認，這不是戀愛、不是喜歡、不是好感，更不是崇拜，總之不是你想的那樣。我的初戀發生在小學五年級，對象是班上的轉學生——山岸繪梨奈。小繪從轉來第一天便榮登全年級……不，全校公認第一美少女，光我所知，至少就有五個傢伙表示喜歡她，不敢公開示愛的人應該更多。不用說，我也是完美隱藏愛意的一員，隨著畢業，這份淡淡的初戀也結束了。小繪讀升學班，聽說後來考上知名女校附設的國中部。

國中之後，我遇過幾個感覺不錯的女孩子。但只要扯上感情，我就會打退堂鼓，澈底實行「暗暗躲在角落戀愛」的「暗戀」，而徹子從來不在名單內。由此可見，她完完全全不是我喜歡的類型。

徹子對我的感覺八成也是這樣。聽說畢業旅行時，其他女生藉機跟她打聽我們的關係：「欸欸，你和森野到底怎麼樣？」我和徹子從小一起長大，相處輕鬆自在，說話也不會尷尬，加上常常彼此借用物品，看在旁人眼裡，一定以為我們感情很好。

聽說，徹子當下一陣茫然，臉上儼然寫著「我聽不懂你的問題」，直到對方追問：「你喜歡他嗎？你們在交往嗎？」她才露出發自內心訝異的表情，認真回答：「咦？

阿護嗎？啊，不可能。」愛八卦的女生特地跑來和我報告這件事。若是立場顛倒，我一定也會這麼回答。儘管聽了不是滋味，但這也是我正值青春期，纖細易感、自我意識過剩的關係吧。

於是，我趁著見面時提起這件事。雖然聽起來像開玩笑，但我的表情可能不像說笑。徹子回答「女生的小團體很可怕吧」，表情餘悸猶存。聽說畢業旅行的夜晚，成了她的惡夢回憶。

說來奇怪，畢業旅行當天，女孩必須遵守「說出喜歡的人的名字之前不准睡覺」的奇妙規矩，輪流吐露自己的小祕密。徹子說「沒有這樣的人」，大家不肯善罷甘休。騙人的吧？不許隱瞞。有什麼關係？你看，大家都說了啊。徹子飽受四面八方的火力全開攻擊，有人乾脆舉出我的名字：「喂，你和他到底怎樣？你們不是挺要好的嗎？」雖然是畢業旅行之夜的老套橋段，但我完全能體會徹子的厭惡之情。

「……真恐怖耶。」

「不是普通恐怖，」徹子做出發抖的動作，「你呢？男生晚上都在幹麼？」

「我們在打枕頭大戰，後來變成拿枕頭揍人，嗨過頭，被老師罵了，結果都在罰跪。」

這也是畢業旅行的老套橋段，徹子卻發自內心羨慕地說「真好，我寧可那樣」，語氣裡滿是不平衡。不，罰跪可是一點也不有趣。不過，男生確實沒有女生那種咄咄逼人的壓力，只是一群臭男生在耍白痴罷了。

儘管同情徹子的遭遇，但我多少能體會其他女生的感受。她們好奇的，恐怕不僅限於戀愛話題。

我不認識其他像徹子這麼難懂的人。她並非毫無表情，但就是讀不出心思，聽不出話中之意，看不懂行為的目的。該說，時常出人意表嗎？

比方說，她會在上學途中冷不防抓住女同學的手，向前狂奔。當事者當然訝異反問：「呃，等等，你想幹麼？」徹子卻死也不肯解釋。跑了一段路後，爽快鬆手，故作害羞地說：「抱歉，我只是想牽牽看三鄉同學的手。」說完便自顧自地走掉。我可是從頭到尾看在眼裡。她們感情並非特別要好，平時毫無交集，在那之後也沒變熟。因為我從沒看過徹子和女生牽手走路，真是讓我一頭霧水。

還有一次是在小學，徹子突然在放學前的班會時間舉手發問，害得全班不得不留下來討論。內容我早就忘記了，但我依稀記得當時心想「好麻煩」。白白浪費了大家的時間之後，徹子心滿意足地回家了。

除此之外，她曾在路上突然抱住陌生的老婆婆，拚命威脅她不准前進；還有一次是上課上到一半，老師說：「平石同學，你怎麼了？」我轉頭一看，發現徹子瞪著正前方，眼淚撲簌簌地掉下來……諸如此類，淨做些讓人丈二金剛摸不著頭腦的事，真是一團謎。

如果一天到晚都很脫序也就算了，頂多只是「怪人」，但徹子的情況不同，很難用「怪人」帶過。大部分時候，她都表現得沉著冷靜、乖巧懂事，整體來說，她是認真老實的模範生。情緒也很穩定，不會隨便翻臉。真的要說，就是酷酷的、表情不多的類型吧。

因此，每當她有驚人之舉，也會加倍引人注目。要我形容，就像國旗便當的酸梅換成了彈珠？或是白蘿蔔泥蘸上五顏六色的刨冰糖漿？我只能用食物來比喻，很難確切形容我的感受，總之就是這麼衝突奇怪，而且非比尋常，平日的便當裡確實好好裝著酸梅，白蘿蔔泥也會蘸著醬油……類似這種感覺吧。唉，我到底在說什麼。

有一次，我直接問她：「那些時候，你到底在打什麼主意？」

徹子微微側首，思考一會兒後，小心翼翼地聲明「我先說喔，你要對其他人保密」，然後才說：

「三鄉同學長得很可愛，對吧？」

沒頭沒腦這麼一問，我頓時慌張地回「喔，對啊」。坦白說，那陣子我特別在意的女生正是三鄉香菜。沒錯，從小到大，我都是虔誠的外貌協會教徒，也不看看自己的長相，硬要把眼光放得很高，大概是這樣。

「她的可愛是宇宙級的，差點就要被幽浮抓走了。」

徹子一本正經地告訴我，害我當場一愣，眼睛變成兩顆小米粒。

她壓低音量，一副講悄悄話的模樣說下去：

「至於那個老婆婆，她被惡靈附身了，正要去殺人喔。不過沒事了，因為我澈底清除惡靈了。對不起，隱瞞了這麼久，其實我的右手具有神聖的力量……」

越聽她解釋，我越止不住笑意。唔，這傢伙是來真的。原來她是貨真價實的隱性中二病啊……

你腦袋沒事吧？還來不及問，徹子已經說完，揚起嘴角。

「反正就是這麼一回事，我時常妄想東妄想西，大概心裡有個英雄夢吧？想要拯救大家、拯救地球，一不小心就衝出去了，懂？」

徹子道出誇張至極的自白後，臉頰微微泛紅，自己也知道不好意思。

「……幸好你是女的。如果是男的，早就被當成色狼抓走了。」

我傻眼說。徹子事不關己地回「就是說啊」，撇嘴笑了笑。

接下來，徹子大致收斂了意義不明的舉動。但她的中二病並未因此根除，偶爾還是會偷偷摸摸做一些奇怪的事，雖不到行為脫序，不至於造成別人困擾，但她就是無法停止反常的舉止。不知道徹子心中那股想守護人類的野心，現在是否依然蠢蠢欲動？

真搞不懂你——我心想。簡直像是打了大問號的黑箱子，平時毫無異狀，但如果你忘了它，奇妙的箱子就會變成魔術師的黑禮帽，突然冒出鴿子和兔子。

徹子成為畢業旅行女生房的追問目標，也是因為眼前擺著一個看不見內容物的箱子。人們在純粹的好奇心驅使下，反而會更想偷窺吧。

只是，過度受到關注，必定惹禍上身。

徹子有時會被當眾嘲笑，主因通常出在外貌上。

徹子長得並不亮眼。說白一點，不是美女。造型從小學到現在都沒變過，厚重的頭髮往耳後勾，分成左右兩邊。瀏海筆直得宛如怪力金太郎。現在的女生流行將瀏海兩側留長，弄出兩條神祕的長鬢，或是剪出漂亮的弧度；也有人喜歡分邊留長，這些占了多數，但徹子以上皆非。她的瀏海彷彿一刀剪成，齊到不行。瀏海下微露的粗眉和那雙眼角上吊的雙眼，給人「啊，這傢伙一定很難相處」的印象。從面相學來看，會聯想到固執任性的野孩子。

從小，徹子在我心中的分類標籤就是「男人婆」。聽說徹子的父母求子若渴，內心深信會生下男孩，所以只準備了「徹」這個名字。就在徹子即將被命名為徹時，一位親戚表達了意見，「女孩子叫徹，似乎說不過去……」，才讓這對夫妻臨時加上「子」，命名「徹子」。「其實叫徹也不錯啊。」我說，徹子聽了笑咪咪地回「就是說啊」。

多年後，平石家終於生下企盼多時的兒子，徹子的父母開開心心地用「徹」來命名。聽聞這件事，我感到「什麼啊？」無法苟同，「這個名字已經用過了吧？拜託換一個，這樣對徹子多失禮啊！」我忍不住對老媽碎念。老媽卻說：「有什麼關係？發音不同嘛。再說，兄弟姐妹使用同一個漢字，很有一家人的味道啊，很多人這樣用。」是這樣沒錯，但我依然無法接受。

我後來也和徹子提過這件事，她霎時板起臉孔，我心想「她果然也不喜歡」，誰知下一秒，她開懷大笑：「咦？為什麼？有什麼不好？這不重要，倒是……」接著滔滔不絕地說起嬰兒時期的弟弟有多麼可愛，讓我很掃興。好吧，她覺得無妨，那就好。

撇開這件事不談，許多女生喜歡拐彎抹角地嘲笑不修邊幅、毫無女子力的徹子。「欸欸，你的頭髮在哪裡剪的？」那些女生故意這麼問，引導她說出「我自己剪的」，然後哄堂大笑：「天啊！」原來不只瀏海，連旁邊和後面的頭髮都是徹子自己剪的，到底如何辦到的？我也非常好奇。「咦？這樣剪啊。」徹子抓起綁成兩束的頭髮甩了甩，眾人鴉雀無聲。換句話說，她向來都是綁著兩束頭髮，直接拿剪刀喀嚓剪下去，難怪髮尾整齊如油漆刷。雖然，我基本上也是認為「時尚？那是什麼？能吃嗎？」的那種人。只是，徹子再怎麼說也是一個女孩子，這毋庸置疑吧？那麼，不能稍微想想辦法嗎？……這些實在很難對她說出口。

正當我暗自為她操心不已，另一個風聲傳入耳裡：其他女生嫌棄徹子的制服裙很髒。

這樣下去不行，一定要想想辦法……我在莫名的義務感驅使下，義憤填膺地蒐集實用生活情報。主要情報源當然是老媽。老媽很會照顧人，又認識徹子本人，不用我多費唇舌就理解狀況，幫了我大忙。「哈哈哈——齁齁——」只是，她一邊聽，一邊發出各種不必要的附和聲，令人不是滋味。

總之，趕快把蒐集到的好消息告訴徹子吧。如果在學校討論，可能會被其他同學聽到，尤其那群性格惡劣的女生，被她們聽見只會節外生枝。所以，我特地選了沒有社團活動的放學時間，悄悄跟在徹子後頭。反正我們家住很近，總能找到機會叫她吧……我打定主意，尾隨她回家。

走到半路，我疑惑地歪頭。徹子前進的方向，微妙地偏離了回家的最短路徑。我始終找不到適當時機叫她，跟著走了一會兒，發現她是去附近河岸。河堤上方有條步道，附近學校社團會來這裡跑步，大人小孩也常來遛狗散步，就是這樣的公共空間。

我抬頭望見徹子爬上河堤樓梯，一陣風在絕妙的時機吹來，我隱約看見了內褲。雖然僅從遠方瞥見短短一秒，但是看見那種小學生才穿的三麗鷗卡通圖案內褲，我不覺得養眼。況且，那可是徹子。我不是故意偷看，也不是自願看到的。容我重申，那可是徹子。

隔了片刻，我也登上河堤。放眼望去，徹子已經走向河岸，大剌剌地在平坦的石地上席地而坐。就是因為動不動坐在地上，制服裙才會那麼髒吧。我的想法像極了老媽子。

只見徹子無所事事地坐在石頭遍布的河岸，望著水面發呆。有時，她會隨手撿起石子，嘩啦一聲投向川流。怎麼回事？她看起來很寂寞，是不是有心事？啊，恐怕是聽見女生小團體的壞話了。如果是這樣，用我打聽來的生活資訊馬上就能解決。只是現在不好搭話，這裡偏離上學路線，用「喲，真巧啊」來打招呼未免太假了。

也許世上根本不存在「聰明且不著痕跡的攀談法」吧。就在我絞盡腦汁苦思超出能力範圍的開場白時，小石子一顆接著一顆沉入水裡。

不知怎地，她的背影看起來很寂寞。

我驀然想起大老遠以前的記憶。

小學一、二年級時，我在放學途中發生一次車禍。算我命大，沒有傷及性命，肇事大叔很緊張，急急忙忙送我去附近醫院，並且知會父母，拚命向他們賠罪，想必是個正直的人。大概是太賣力道歉，令人無所適從，老媽豪爽打趣道：「唉唷，一定是咱們家的笨兒子邊走邊玩，不長眼睛，對吧？」事實上，老媽是對的，當時我沉浸在自己的小世界，玩起愚蠢的遊戲——背對著目標倒退走，我必須負起很大的責任。

總之，我的右腳骨折了，生平第一次住院。住院聽起來很嚴重，其實只是「要是撞到頭就糟了，順便檢查一下吧，不過看樣子不必擔心」的小傷而已。即使是傷患的家屬，例如我的老媽，她的反應也只是：「我早就說了，如果你不謹慎，遲早會受傷，你這孩子真是不聽話……」老爸則說：「下次小心點！要不要順便檢查一下腦袋啊？把握機會，把壞掉的地方都治好！」結果肇事大叔反而最擔心我。老實說，我不只右腳受傷，連耳朵都覺得難過。大人鳥獸散之後，我反而鬆了一口氣。

不過，住院真的很無聊，晚餐時間太早，吃完便無事可做。由於我只預定留院觀察一晚，沒帶漫畫和遊戲機。病房有電視，但老媽一口咬定「電視點數卡太貴了，反正你明天出院，不需要買」，所以我沒有電視可看，但我也無法自由走動。我第一次打石膏，右腳懸吊在半空中。雖然是四人病房，但當天剛好只有我一人住院，沒人陪我說話。

看來只能睡覺了。

我放棄掙扎，閉上眼睛。

不知道是才剛閉上眼睛，還是已經睡上多時，有東西滴答、滴答……滴到我臉上。好噁心！我不知道是什麼，有些恐懼，把眼睛張開一條縫。在費盡力氣睜開的狹小視野中，竟然出現徹子的臉。

那是小學一、二年級的事情了。時間不確定，總之天是黑的。病房內沒有其他氣息。一個小女孩，獨自在夜裡來到醫院？不可能吧。而且還是徹子，看起來在哭……沒錯，真的在哭，眼淚一顆接著一顆掉下來。

咦，怎麼了？發生什麼事？你為什麼在這裡？為什麼在哭？咦？呃，該不會是我害的吧？

我感到驚慌失措。就連我被車撞到之後，都沒有這麼緊張。

呃，我做了什麼事情惹你哭嗎？

毫無印象。更別提當時我們很少交談。

徹子擔心到跑來醫院看我，令我始料未及。如果當時可以直接告訴她：「我嚇到了，你怎麼會突然跑來呢？」或許更好，但我正在裝睡，沒有適當的時機張開眼睛。除此之外，看見徹子哭泣，我一時之間也不知如何是好。

於是，我乾脆緊閉雙眼，假裝不知情。這是驚嚇過度出現的逃避行為。過了一會兒，徹子轉身離去，運動鞋摩擦地面的聲音傳來。走出病房前，她似乎停下腳步，小聲呢喃。

聽起來像在說：「對不起，阿護。」

等人聲氣息完全散去，我戰戰兢兢地張開眼睛。病房內空無一人，彷彿一場夢，但臉上留下了徹子溼溼的淚水……

——為什麼現在會想起那麼久以前的往事呢？

嘩啦、嘩啦……水聲接連響起。

為什麼？我竟然認為朝河面丟石子的徹子，和那天一樣在哭。

我感到膠著不已，隨手撿起手邊的石子，將其中一顆擲向河川。徹子只是把石頭往水底扔，我則是手腕用力，用打水漂的方式丟。

石子在水面跳了一下，沉下去。

徹子回過頭，吃驚地望著我。

啊，太好了，她沒有哭……不，應該說，她沒有道理哭啊。

我鬆了一口氣，趕緊說：

「咦？這不是徹子嗎？你在這裡幹麼？」

先發制人。我趁她來不及反問「我才想問你怎麼在這裡」時繼續說：

「聽我說，老媽告訴我，大街四丁目的轉角有一間千圓剪髮的理容院，對吧？聽說每月第二、第三週的星期三，剪髮費用半價喔。」

「咦？」

徹子的臉上寫著大大的驚嘆號。她的眼睛原本已經很大，現在張得更大了。

「竟然只要五百日圓！下次去體驗一下吧，一定比自己剪……」說到這裡，我猶豫了。如果說「比自己剪還像話」，彷彿在批評她的髮型很醜，於是我說：「一定更可愛喔。」

徹子頓時漲紅了臉。糟了，我應該慎選用字。不過，算了，說錯話就像不小心放屁，即使很臭，也欲哭無淚，我迅速傳達第二個好用資訊。

「還有，附近公園旁邊也有一間洗衣店。聽說那裡可以幫忙趕件，不多收錢。星期五把身上的制服拿去送洗，星期天就能領回。」

小石子從徹子鬆開的掌中落下，她的臉還有點泛紅。

「啊，這是因為……」她捏起膝蓋上的裙襬，「阿徹總是用髒兮兮的手抱我。他愛用窗簾啦、姐姐的裙子啦，擦拭自己又黏又髒的小手。食物的汙漬容易殘留，很傷腦筋呢。」

徹子無意義地搧著裙襬，咧嘴笑，笑容不減地說下去：

「欸，阿護，我是骯髒鬼嗎？腦筋怪怪的嗎？是怪胎嗎？」

這些全是那些瞧不起徹子的女生使用的字眼。

她果然會在意啊……我暗想，同時如銅像般杵在原地。

「我不是說不用擔心嗎？」

那些小問題只要用我帶來的實用資訊就能全部搞定。我得意地笑了笑，比出勝利手勢。

徹子也笑了，笑得醜醜的，臉皺成一團。隨後，她忽然裝出興奮的語氣問：

「欸欸，剛剛那招，你再表演一次好不好？我不知道怎麼讓石頭在水面跳。」

「哦，打水漂？我認真起來可以跳更多下。」

我順手一丟，咚咚咚，跳了三下。徹子也試丟一次，卻嘩啦一聲沉入眼前的水底。

「有訣竅的，選平一點的石頭，像這樣……」我再示範一次，但這次只在水面跳了一下。我不甘心地反覆挑戰，石頭居然奇蹟似地咚咚咚咚……跳了五下。

「哇，好厲害、好厲害！」徹子像個孩子，拍手叫好，「你真的很擅長投球呢。」

「是啊，很誇張吧。」

我故意自誇想逗她笑，但她非但沒有接收到我的訊息，反而感慨莫名地說：

「那顆石頭一定嚇到了，身旁的景色突然一變，會不會以為自己跑到未來呢？」

什麼東西？這傢伙總是如此，讓人難以接話。

「我認為石頭什麼也沒想。」

我的語氣有點冷淡，轉身朝河堤方向重新坐下。像這樣單獨在河邊談心，簡直像是男女朋友。察覺之後，我忽然感到驚慌。我必須嚴正否認，事實並非如此。任務已經完成，我應當迅速離開。再拖下去，等一下會演變成一起回家，那樣更像情侶！加上我們又是鄰居。

於是，我背對她快速說「拜拜，我先回家」，說完立刻啟程。

「……謝謝你，阿護。」

她小聲道謝，我聽了很高興。

我不回頭，默默舉起一隻手，同時期待徹子欣賞我這帥氣的動作。

「謝謝你」是美好的話語，我對此感觸良深。

和從前住院時收到那句莫名其妙的「對不起」相比，這句話要棒多了。
如今，醫院那件事到底有沒有發生過，我也不確定了。

2

人不可貌相——這麼說可能有點失禮，但事實上徹子成績很好，國中三年級第一學期的統一模擬考，她拿到某知名私立大學附校的B判定，表示只要稍微努力就能考上。反觀我，在志願欄填了門檻低很多的學校，最好的判定結果卻只拿到C，老媽說我們簡直天差地別。我們畢竟是鄰居，媽媽們的交流圈不容小覷，沒有任何祕密瞞得住她們。

動漫裡時常見到考試成績按照名次張貼在布告欄的場景，我很懷疑現實中真有學校這麼做嗎？也許從前有，那現在呢？至少就我所知，父母讀的中學沒有這項傳統。容我補充說明，老爸和老媽曾就讀同一所學校，同一屆。撇開這點，我們學校甚至沒有公布排名，只公開各科的班上平均分數和最高分。儘管有時會連班上最低分一起公布，卻從來沒公開過同學的名字。但紙終究包不住火，因為導師會拍拍該名同學的肩膀說「下次加油喔」。最高分者享有榮耀，所以老師特別喜歡公開最高分和次高分的同學名字，徹子時常榜上有名，我總是暗暗吃驚。

人從小學升上國中以後，過往的形象、立場，可能產生戲劇性的改變。

比方說，原先以女王自居、擁有許多跟班的女孩，上了國中後，淪為人們眼中的問題兒童。或是本來並不起眼、毫無存在感的男生，上國中以後突然中二病發，開始搞怪，想要吸引注意。還有小學時愛主動發言、炫耀滿分考卷，在眾人眼中「很聰明」的傢伙，上國中後成績普普通通，不進反退，最後漸漸低於平均，才知道原來他不是天選之人。有些傢伙則是倒吃甘蔗，小學時總是在發呆，被恥笑為「遲緩兒」，長大後成績突飛猛進，名列前茅。

成長之後，人們看待一個人的眼光和價值也會跟著改變，有時表層的鍍金會脫落而露出本性，有時埋沒的優點會隨著努力而綻放光彩，受到很多因素影響。總之，國中是最容易產生劇烈變化的時期。

徹子的情形則不太一樣，她沒有戲劇性的轉變，依然時常榜上有名，當大家開始認定「她應該是真的很聰明」的同時，過去被女生欺負的主要原因——讓人吐槽滿滿的儀容問題也獲得了改善（最大的功臣當然是我啦，嘿嘿）。

回過神來，徹子已經建立「雖然有點特立獨行，但非常認真、成績優異的模範生」的個人形象。不只如此，適度留長的瀏海遮住了兩條粗粗的眉毛，使人產生「咦？

非但不奇怪，還算有點可愛」的錯覺。我不禁感嘆女孩子的髮型真的太重要了，想不到只是換個瀏海，印象就煥然一新。

附帶一提，我在國中三年建立的個人形象是「熊」。我從小頭腦簡單、四肢發達，上國中以後也繼續長高，自從參加了不怎麼受女生歡迎的柔道社之後，大家對我的印象更是簡單明瞭——「熊」。因為姓森野，開始有人叫我「森林裡的熊」，也有人叫我「熊護」。但因為上述兩個稱呼都太長又不好念，最後總是省略成「熊」，到頭來連社團學弟都直呼我：「熊學長！」

「你們說誰是熊？嘎吼！」我一邊說，一邊比出熊要撲人的動作，學弟們總是興奮地哇哇大叫，很捧場。

「你真受學弟歡迎。」其他成員如是說，但既然都要哇哇大叫，真希望不是面對一群臭男生，而是可愛的女孩子。很遺憾，這種好事永遠不會發生在我身上。

若從校園人氣王的角度來看「熊」這個定位，大概分布在哪個落點呢？我雖然好奇，卻又不太想知道，反正怎樣都無所謂。

升上國三，徹子已是眾人心目中「可靠的平石同學」。遇到不懂的課業問題，女生動不動就跑去問她；每逢班級委員會、社團活動、班級活動等等疑難雜症，打擾她的人總是絡繹不絕；甚至連老師也經常指名找她討論事情。喂，你們太依賴徹子了喔。

在我看來，班上某些傢伙根本是把徹子當成僕人差遣。說難聽一點，只是在利用她的濫好人個性。動不動就找徹子幫忙的女生裡，也包含了從前說她壞話的小團體。這些傢伙真的很誇張，如果徹子有其他事情必須優先處理，她們甚至會自私地說「噯，別管那個了，快點過來」。真是恬不知恥。

可是，還有另外一群不要臉的傢伙，比這些女生更難對付。

這就要說到徹子參加的歷史研究會。聽說他們主要的社團活動就是看書，相當枯燥。不知為何，研究會裡有幾個學弟很仰慕徹子……超出了必要程度。

「幾個」當然表示不只一人。裡面有個瘦小文弱的一年級學弟（從室內鞋的顏色判斷），這小子膽子可大了，每天跑來我們三年級教室，什麼也不做，就只是躲在教室門外的角落，猛盯著徹子瞧。

我大概在一個月前就知道這傢伙。當時我去上廁所，發現他緊貼在門邊，心裡覺得奇怪，循著他的視線望去，看見了徹子。我問他找徹子有什麼事，他突然把臉轉過去，一溜煙跑得不見蹤影。真是個陰陽怪氣的陰沉系男子。

「走廊有個可疑的傢伙在看你。」我把這件事告訴徹子。

「哦，他啊……」徹子傷腦筋地苦笑。

我好不容易才讓徹子從實招來，得知剛剛那個一年級小鬼是她社團學弟，曾經寫信給她。

「信……？都寫些什麼內容？」

我隨口一問，徹子支支吾吾地說：

「呃，就是……請和我交往。」

「情書嗎！」

我不由得大叫，急忙摀住嘴巴。時值放學時間，我在回家的路上看見徹子走在前面，追上了她。這裡離徹子家已經很近，隔牆有耳，誰知道附近有沒有家人或熟人在偷聽？說話千萬要小心音量。

「然後呢？你怎麼回覆？」

我極力壓低音量問，徹子回答的聲音也糊成一團。

「呃，我回答他，目前沒有交往的對象……我也沒有特別討厭他。」

「你很呆耶，」我打從心底服了她，「目前沒有，聽起來很像在說之後有機會。你竟然還多嘴說什麼『沒有特別討厭他』，這樣不行啦。你知道嗎？片面的善意最容易引發誤會了。」

我自認這是相當中肯的意見，徹子卻說「可是……」，似乎不大服氣。

「總、之、呢，」我一個字一個字慢慢說，希望她聽進去，「有任何煩惱，都要立刻告訴我。」

我一說，徹子果真立刻鬆口：

「……呃、那個、其實，因為是現在進行式，我也覺得很傷腦筋……」

「什麼？那傢伙就在附近嗎？」

「不是。前陣子，我家玄關前被放了老鼠。」

「老鼠？會不會是野貓叼來的？」

「不，聽我說，紙箱擺在門口，裡面裝了小飼養籠和飼料，還有一隻白老鼠。當然是活的。這件事引發了大騷動！我媽最討厭老鼠了，我還因為這樣，小時候都不能去迪士尼遊樂園玩呢。」

「……好嚴厲。」

我有點訝異，但先不管米老鼠，喜歡老鼠的女孩子本來就不多吧？不，男生應該也不多。

「我很頭痛，」徹子的表情相當苦惱，「媽媽命令我把老鼠丟掉，我當然不能這麼做。可是，這種老鼠壽命很短，對吧？不知道什麼時候會死掉，我光想就覺得怕怕的……」

「很多人以為這種老鼠[1]二十天就會死掉，這是錯誤觀念！其實是牠們差不多二十天就能生下小寶寶。不過，想想也很恐怖啦。」

我熱情提供了動物小知識，徹子卻愁眉不展。

「真拿你沒辦法。不然這樣吧，老鼠我幫你養。」

「咦？可以嗎？阿姨她不怕老鼠嗎？」

「誰知道？我沒特別聽她說討厭米老鼠，應該不用擔心？」

我隨口敷衍，準備去徹子家一趟，就在我準備繞過轉角時，一個男生突然衝出來，差點撞到我們。那傢伙穿著我們學校的制服，身材又瘦又長，我的腦中頓時閃過「火柴人」和「高而無用」這類形容詞。那傢伙看見我們，表情驚恐扭曲，好像遇到世界末日，也令人想起孟克的〈吶喊〉。

「田代同學。」

徹子驚恐地喊出他的名字。名叫田代的男生迅速倒退，接著竟然拔腿就逃。看他笨重的腳步，想必不擅長運動。

---

1. 白老鼠在日本叫「白色的二十日鼠」。

「那個人是誰？」

我傻眼不已，轉頭問。徹子垂著頭，看起來很尷尬。我追問她怎麼了，才得知那傢伙是社團裡公開示愛的學弟之二。才二年級，身高發育過頭了吧。我也屬於體格高大的類型，他似乎比我高一些？不過，看起來就像過於細長的小黃瓜，外強中乾，打起架來我可不會輸給他。

我不知道他住哪裡，但是擅自跑到仰慕的學姐家附近埋伏，已經屬於跟蹤騷擾了！我咬牙切齒地想著。不知不覺，徹子家到了。

徹子率先張口「啊……」，我也慢半拍地察覺。

門口放了紙箱。

我頓時有不好的預感，衝上去打開紙箱，不出所料，裡面放著小籠子和裝飼料的袋子。

一隻倉鼠坐在籠子裡。

徹子在我身旁苦惱地抱頭，我稍微壓低聲音說：

「喂，這應該是剛剛那個火柴人放的吧？你說他叫田代嗎……？」

時間點加上他剛剛的態度，非常可疑。不論怎麼想，犯人一定是他。

隔了一會兒，徹子點點頭。

「……應該沒錯。他很喜歡小動物，家裡養了很多動物。」

「所以，白老鼠也是他放的？」

「應該。」

「搞什麼！好，你把白老鼠一起拿來，我們一口氣還給他。現在去追應該來得及，我要以現行犯逮捕他……」

我氣呼呼地要去捉人，徹子卻拉住我的袖子。

「等等，不要抓他。」

「為什麼？他擅自把小動物丟在你家門口，已經構成騷擾了，不是嗎？趁機把老鼠一次退回，再狠狠罵他一頓！」

「不行，不能太凶。那位學弟心靈很脆弱，禁不起罵，如果語氣太強硬，可能會出大事……」

徹子說得滿臉悲壯，我姑且先取消了追上去捉人的計畫。在我想追問「出大事」是什麼意思時，耳邊傳來尖銳的呼喊：「哇！是阿護！」

「哦，阿徹，近來好嗎？」

叫住我的人是徹子的弟弟——徹，記得他現在讀小二、小三。徹子的母親也跟在旁邊，笑咪咪地打招呼：「哎呀，午安，你又長高啦？」

他們應該是去買東西吧，思索到一半，阿徹整個人撲上來，洋洋得意說：「我很好！我今天學會用自由式換氣了！」原來他們是去附近的游泳班上課。

「這樣啊，好厲害。」我搔了搔他潮溼的頭髮，下一秒，他的注意力轉移到門前的紙箱。

「這是什麼？」來不及阻止，徹探頭偷看紙箱。

「哇，倉鼠！好可愛。我們要養嗎？喔耶！」

徹就像失控的砲台，興奮得又蹦又跳。

「咦，討厭，這是怎麼回事？」

徹子的母親發出尖叫，「徹子，媽媽不是叫你趕快把那隻老鼠丟掉嗎？怎麼又增加了？天吶，這隻比較大呢。真討厭，感覺糟透了。」

「啊，可是丟掉似乎……」

徹子吞吞吐吐，為難不已，這時徹笑容滿面地插話：「沒關係，媽媽。」

「倉鼠不是老鼠喔。媽，你之前說老鼠的尾巴很像蚯蚓，看起來很噁心，對吧？倉鼠的尾巴完全不一樣。」

你看你看——徹拚命抱起籠子。

「倉鼠有頰囊，很可愛呢。養牠應該沒關係吧？媽——」

徹一面裝出可愛的聲音，一面跑到媽媽的懷裡撒嬌。這小子超會撒嬌，而阿姨也很疼他。

「好是好……可是，你確定牠真的不是老鼠？」

不，的確是老鼠的親戚。想歸想，我也和徹一起猛點頭，給予火力支援。

「可是……」厭惡老鼠的阿姨果然不好對付，「我們家裡不是還有另一隻嗎？那隻一定要想辦法處理掉。」

「啊，那隻我家可以養。我今天就是來拿老鼠的。」

「哎，這樣呀？那對你真不好意思……你母親不會怕老鼠嗎？有先徵得她的同意嗎？」

「我還沒問，但應該沒問題。我從小常抓一些蜥蜴啦、螯蝦啦、毛毛蟲之類的回家，老媽從來沒跟我說過不准養。」

「不愧是男孩子的母親呢，心臟真強。嗯……倉鼠嗎……真傷腦筋呀……我其實不太想養……可是……」

阿姨猶豫不決的時候，徹不停撒嬌：「好嘛——養嘛——我想養——」這小子很清楚會吵的孩子有糖吃。

事實上，他是對的。阿姨鬆口說出決定性的一句話：「……你有能力自己照顧好牠嗎？」

「可以！」徹一派悠哉地打包票，反倒讓我覺得很可疑。

「我預見未來了……在不久的將來，會變成由你負責照顧倉鼠喔。」

我對身旁的徹子咬耳朵，她露出微微吃驚的反應，接著囁嚅說「我也這麼覺得」，臉上泛起無奈的笑容。

3

如此這般，反正小動物的家都有了著落。因為徹子拒絕當面與犯人對質、退還老鼠，所以這已經是最可喜可賀的結局。

至於我帶回家的白老鼠，老媽只警告我：「絕對不能讓牠逃走。要是逃到你那髒兮兮的房間裡可就麻煩大了，牠會找地方做老鼠窩，在房間裡到處拉屎，成天從角落發出吱吱喳喳的噪音，想抓又抓不到。」我當然也不想變成那樣，所以特別留意。現階段沒什麼問題。

但是，最根本的問題尚未解決。再這樣下去，第三隻小動物出現在平石家大門口是早晚的事；此外，另一個陰沉的傢伙依然趁休息時間站在走廊，偷看徹子。

我仔細調查了社團裡的學弟組成，發現徹子的兩名崇拜者都是頗棘手的問題兒童，但不是品行不良、妨礙上課那一種。陰沉矮小的傢伙叫倉木智，常因為一些微不足道的小事而消沉，連續多日不來上學。真的都是很小的事情，像是忘記帶東西被罵、上課被點名卻回答不出問題之類的，他會因為這樣就嚇到哭出來、嘎嘎抖個不停。這傢伙的心靈脆弱，就像一碰就碎的絹豆腐。

另一個是火柴人，名字叫田代清文，也是超級怪咖。他生性乖張固執，不結交同性朋友，常突然闖入女孩子的小圈圈，單方面地拚命聊自己喜歡的小動物或少女漫畫。那些女生個個都是外貌協會，當然避之唯恐不及，甚至嫌他「好噁」。這時候，他會突然猛抓胸口，悲憤抗議。

「我看你們跟那個誰誰誰和誰誰誰聊得很開心啊，為什麼我就不行！」如此這般。但他提到的全是比較輕浮、看起來就有女朋友的男生。他們個個乾淨整潔，長得又帥，聊天時懂得掌握氣氛，誰不喜歡？

一般男生都有自知之明：女生不會公平對待校園人氣王和自己。說來殘忍，但這是再明白不過的事實。上國中後，每個人或多或少都要被迫接受一、兩個自己不願意承認的事實吧。

可是，田代的腦袋無法理解。他直嚷著不公平，班上的女生都快受不了了。他憑什麼認為女生必須笑咪咪地聽他說話？憑什麼認為這是天經地義，並且錯都在別人身上？某方面來說，也是值得敬佩。田代的心理素質和倉木剛好是對比，自我意識如銅牆鐵壁，無可匹敵。徹子說他「心靈脆弱」，我倒想問問是哪裡脆弱？

我也是現在才知道，原來徹子參加的歷史研究會，聚集了這麼多像田代和倉木這種問題兒童。因為學校規定每個人都要參加社團活動，那些無法融入其他團體、曾與人發生爭執、無法參加社團活動的邊緣人，最後全流落到這裡了。

原因無他，出在現任部長徹子身上。

徹子太善良了，這點從小到大都沒變。她從不拒絕別人、否定別人。哪怕遇到討厭的事、被說了壞話，也只會露出有點傷腦筋的表情，一笑置之。

這項特質無疑是徹子的優點，也算一種才華吧。但我認為，這也是問題癥結。

至今以來，徹子總是人善被人欺，而我只能從旁看著，咬牙切齒乾著急。那些人就是知道嘲笑徹子她也不會生氣，才會毫無顧忌地冷嘲熱諷。我感到非常不甘心，但，即使這樣……

——早知道就不要多管閒事，改造徹子的造型。

如今我不禁後悔。

現在糾纏徹子的臭傢伙們，比之前那些女生更惡劣。他們以情呀、愛呀做為漂亮的藉口，藉此束縛徹子，要她只對自己好、肯定自己、接受自己的所有好與壞……要求徹子無條件地忠實奉獻。

太蠢了吧？開什麼玩笑？

「請溫暖、輕柔地包覆我脆弱的心靈！只能給我溫柔的笑臉和悅耳的話語！用你的愛療癒我乾枯且傷痕累累的自尊心！」這算什麼東西？

真是噁心到我要吐出來了。如此自私自利的愛，連親生老媽都很少給吧（至少我家老媽會用一句「你少蠢」把我打發）。

情呀、愛呀、喜歡啦、崇拜啦，這些話可不是萬靈咒。無視對方的心情和狀態，單方面地丟給別人，都是不好的。

我認為不能再放任下去了。換作平時，出手干涉別人的戀愛家務事是最愚蠢的行為，但這次情況不同，因為苦主可是徹子啊。對她來說，傷害別人比傷害自己還痛苦，所以無法明確拒絕他人，無法明說「你造成我的困擾了」。然而，像田代和倉木那種長年遭受否定和恥笑的傢伙，只要有人沒有否定他們，願意用平常心對待，他們就會把這些舉動誤解成好感。只要一個招呼、一個反射性的微笑，就會樂上枝頭。此外，由於他們不曾學習正常的交友關係，距離分寸拿捏得很糟糕。不會看臉色，也不懂得讀空氣。我相信他們因此吃了不少虧，卻沒有能力改善現狀。

某方面來說很可憐，但我並沒有善良到會去同情他們。

我率先採取的措施，就是趁下課時間盡量跟緊徹子。說出真正的目的徹子可能會介意，所以我瞞著她，以準備考試為由，向她請教不懂的問題。而我所要做的事情只有一個：如果在教室後門看見陰沉的倉木，就用我最凶狠的表情，狠狠瞪回去。才實行了一週左右，那傢伙就不敢來了。聽說還向學校請假。果真是絹豆腐。

附帶一提，自從有我負責看守，那些想來隨便利用徹子的傢伙也自然而然敬而遠之。不僅如此，多虧徹子的教導，雖然只有一點點，但我的小考成績進步了。簡直一石三鳥。

接下來換田代了，我不懂迂迴對策，所以選擇直球對決。

我請學弟協助打聽他家地址，趁假日去突擊拜訪。

我雖然不受女生歡迎，不知為何，阿姨嬸嬸們特別喜歡我。老媽的朋友和親戚阿姨常說：「每次看到阿護，都會變得心靈祥和呢。」

總之，我叮咚按下田代家的門鈴，對前來應門的阿姨說：「午安，我叫森野，和清文同學讀同校。清文同學送了我一隻白老鼠，我想請教他一些飼養上的問題。」我刻意連呼「清文同學」，表達來意後，田代的母親馬上笑咪咪地說：「哎呀，收下老鼠的人就是你啊。我都不知道他有這麼一位好朋友呢。來，快請進。」於是，我不費吹灰之力就被請進門。

「沒有啦，我才不好意思，突然跑來。」事不宜遲，我邊說邊踏入田代家。

「清文在房間裡喲。那孩子不愛乾淨，請你好好念念他。來，請進請進。」

阿姨爽朗地告訴我田代的房間在哪，說完便走進廚房。

「你好，打擾囉——」

我大剌剌地推開門，在飼養籠前東摸西摸的田代回過頭，驚恐與嫌惡交雜的反應對我來說是最美妙的禮物。他口中發出「嗚嘎」的呻吟，整張臉扭曲成一團，還親切地表演了屁股摔地。這副慘樣簡直可比赤裸裸泡澡時遇到大群蜈蚣。

房間裡確實雜物散亂，但我沒有資格說他。凸窗前擺著幾個籠子，其中一籠裡的倉鼠精神抖擻地玩著轉輪，發出喀啦喀啦的聲音。

「抱歉，在假日來打擾你。」我這麼做開場白，但心裡完全不覺得愧疚。

「我說啊，關於你送的白老鼠小粒，我有幾個問題想要請教。」

我把飼養籠高舉到他的面前，他馬上不小心自己說出來：「怎麼會在你那裡？我明明是送給平石學姐！」

「果然是你。那隻倉鼠也是你拿來的吧？拜託你，別把生的東西隨便丟在別人家門口，這已經是騷擾了。」

「生物。才不是生的東西。」

他糾結在奇怪的點上。

「一樣，寫起來都是『生』。喂，你的神經到底是怎麼長的？哪有人會突然送喜歡的女生老鼠和倉鼠當禮物啊？品味太糟了。」

大概是對「喜歡的女生」產生反應，只見他面紅耳赤，嘴巴一開一闔。

「唉，你先冷靜。我今天來，有重要的話想對你說。」

站著低頭不好說話，我隨便在地上找塊空地，席地坐下，拍拍他的肩膀。這時，田代的母親端著托盤進來，把書桌上的筆記本等等亂七八糟的東西隨手推到旁邊，放下裝點心和飲料的托盤。

「啊，不好意思，謝謝。」

我笑臉迎人地道謝，等阿姨離去才繼續說：

「你啊，我明白你對徹子是一片痴情，但可以因為這樣就亂丟老鼠和倉鼠嗎？」

「才不是丟，那是禮物。」

田代再度臉色一變，咬牙切齒地說。我小聲嘆氣。

「通常不會突然送女生老鼠吧？」

送禮給女孩子的學問我也不懂，但我起碼知道老鼠行不通。

「徹子的媽媽很討厭老鼠，一直叫徹子快點扔掉。她被罵臭頭了，很可憐。坦白說，你害到人家了。」

「可是！」田代語氣激動，「平石學姐喜歡白老鼠也喜歡倉鼠，她自己說過的，所以我才送她！」

我再次忍不住嘆氣。

「拜託你……那傢伙對任何人、事、物都不會表達排斥。尤其是別人的寶物，她是不可能否定的。我問你，你討厭被歧視，對吧？如果有人對你和其他人態度不同，你會抓狂，對不對？但徹子不會。她從不排斥任何人，也不會歧視任何人。像她這樣的人根本是稀有動物。我明白你為什麼喜歡她。可是，拜託你動腦想一想。對你和對其他人態度一樣，表示什麼呢？那傢伙雖然不會『歧視』，但也不會把誰視為『特別的』。情呀、愛呀、喜歡啦、崇拜啦，全是『特別的』吧？那傢伙沒有這種感情。好的壞的，她都一視同仁，一樣『喜歡』、一樣『重視』，這樣懂嗎？」

所以拜託你放棄吧——我重新拍拍他的肩膀。

田代垂頭喪氣了一陣子，最後抬起頭，應該是在瞪我。

「你是……」

「森野。叫我森野學長就行了。」

我報上稱呼。田代意外老實地改口：「好吧，森野學長……」接著問：「你是平石學姐的什麼人？」

我間不容髮地回答：

「青梅竹馬。」

不知為何，這句話似乎震撼了他的心，他露出非常不甘心的表情。

我大口吃下端來的茶點，一口氣灌下果汁，站起來。該說的事都說完了，沒理由繼續待著。反正社團三年級的部長即將交接，之後問題自然會迎刃而解。

給予田代致命一擊的，正是「青梅竹馬」的立場。考慮到徹子比較特殊，在某種意義上，童年玩伴可能是「特別的」也說不定。在接下來的人生當中，沒有人能取代這個角色，某方面來說的確很「特別」。

我認為「平石徹子」這個表裡如一、不帶稜角、宛如白紙、無比平滑的存在，是相當寶貴的。她現在的外貌不礙眼了，也不會突然做些奇怪的事，真的「很平」。身材也……不，沒事，這說了會變成惡劣的性騷擾。總之，我挺高興自己是瀕危物種徹子的「青梅竹馬」。

我對田代阿姨說聲「感謝招待，今天打擾您了」，打道回府。因為他沒叫我還回去，所以白老鼠小粒也被我一起帶走。

後來小粒活了一年左右。徹子家的小倉則活了兩年整。果不其然，照顧和送走小倉的任務全落在徹子頭上。

——唉，我就說了吧。

4

私營鐵路春霞站附近徒步可達兩間高中，分別是公立春霞高中與私立晴喜高中。從車站西口出站，徒步十五分鐘可達春霞高中；從東口出站，走十七分鐘可達晴喜高中。因此，儘管位於同一站，想要徒步往返兩間學校，距離還挺遠的。但由於兩間學校之間沒有公車經過，每當舉辦聯合社團活動時，還是只能用走的，或用慢跑的方式往返。

除此之外，兩間學校之間還存有比實際距離更遙遠的差距，說得直接一些，偏差值[2]差了十左右。

當地流傳著一句話：春霞的高中「西高東低」。基本上，晴喜高中並不是附近最差的學校，程度一般，卻因為同一站剛好有一所市內最好的高中，感覺特別吃虧。加上校名發音相似[3]（春霞是地名；晴喜則是創校人的名字，聽說當初因為姓氏太常見，堅持使用名字當作校名），簡稱都叫「haru 高」，真微妙。如果向市內的中、小學生做問卷調查，一定有許多人聽媽媽說過：「高中讀『haru高』就是孝順父母……啊，當然不是指私立那間，是公立那間喔。」是的，我也聽到耳朵長繭。

時光飛逝，十五歲的春天（不，應該是冬天吧），我順利考上高中，開始了每天搭車去春霞站的日子。很遺憾，下車後不是前往西口，而是東口。

但實際上，我並沒有因為讀了「西高東低」裡的「低」而搥胸頓足。不是我嘴硬不服輸，就連必須支付私立學校昂貴學費的父母都稱讚：「我們家的阿護能上晴喜已經很厲害了，對吧？」

晴喜高中盛行社團活動，尤其運動社團幾乎都很強，設備完善，教練團的師資也很優秀。國中的柔道部裡有好幾位學長都讀晴喜，他們回來指導學弟時，簡直變得強到不像話。「你也來讀晴喜高中！」他們這樣鼓勵我。

我從國中開始練柔道，也在國中時受傷飲恨，沒留下什麼好成績。因此，我既沒有體保生的機會，成績也沒有好到能通過一般校內推甄，最後只能老老實實參加入學考，正面一決勝負。

---

2. 日本學力判斷依據，五〇為平均值，偏差值越高的學校越難考。
3. 春霞讀成 haruka，晴喜讀成 haruki。

坦白說，晴喜高中挺受當地考生歡迎。嗯……儘管剛升上國三的四月當下，應該很少人把它列為第一志願，但隨著一場又一場的模擬考和升學面談，大家漸漸看清現實的殘酷。不，用「看清」來形容太溫和。自己的能力被迫數據化，無情地攤在面前，大家開始慌張，開始努力抱佛腳，卻不得不面對即使臨陣磨槍也救不了偏差值的殘酷事實。別說市內最好的公立學校，就連第二志願和其他學校都不用考慮。不僅如此，附近根本沒有比較好考的公立學校。

因此，基於各方面的考量，晴喜高中曾是當地人方便的選擇。在私立學校裡學費不算特別貴，校風又以開明著稱，風評挺不賴的。

成績不錯、以公立前段學校為目標的學生，將晴喜高中視為考試成績不佳的備胎。成績不好的同學也會思考，與其去念當地學力更差、風評又糟的公立學校，不如挑戰晴喜高中；也有不少人認為，與其花時間跑去外縣市讀差不多水準的公立學校，不如就近讀當地的私立學校比較省時省力。學校簡章似乎也介紹了遠道而來就讀的學生。由於上述考量，晴喜高中的報考人數，其實已經遠遠超過春霞高中了。於是，晴喜高中變得難以進入，逐漸遠離當初「撿便宜」的形象了。

我能考上晴喜高中，全是徹子的功勞。

解決田代和倉木的騷擾事件以後，我養成了遇到不懂的課業問題，就去請教徹子的好習慣。尤其是不擅長的科目，我的成績簡直慘不忍睹，動不動就向徹子求救。徹子也發揮濫好人精神，無一例外地仔細教導我。如果因為我太笨、理解力太差，導致時間不夠用，她就會在下次的下課時間主動過來，對我說：「我剛剛教得很難懂，對嗎？」接著換個方式說明。她似乎利用上課時間重新思考如何才能讓我聽懂。

我當時的心境宛如掛在懸崖邊緣，因此非常感謝徹子出手相救。她的教法比任何老師上的課都要好懂，連我都能明顯感覺到茅塞頓開。

可是，事後回想，我發現自己給徹子添了莫大的麻煩。在大家根本無暇顧及別人，光是衝刺自己進度都快要來不及的重要時期，徹子竟然還要照顧我的課業。或許，這個方法阻止其他人使喚徹子，但倘若最後是我妨礙徹子讀書，根本就是本末倒置。

人與人之間的關係，不應該單獨由一方獲利，另一方總是吃虧……我是這麼認為的。這明明是我最厭惡的情形。

不僅如此，直到徹子私立第一志願落榜，我才驚覺這件事。

得知她落榜的消息時，我認為一定是哪裡搞錯了。最後一場模擬考，徹子在第一志願拿下了漂亮的A判定（這也是從媽媽情報網那裡聽來的）。這不是表示十拿九穩了嗎？就連我只拿過一次B判定，其他幾乎拿C，都考上了，徹子怎麼可能會落榜？

我才知道是我造成的。是我占用了徹子寶貴的讀書時間，害她落榜。

但我搞錯了。

——不，不對。耽誤時間是鐵錚錚的事實，但原因並非如我所想。

直到公立高中放榜後，老媽才如釋重負地說：

「太好了，小徹考上春霞高中了。」

老媽在說什麼？我很詫異，因為徹子的第一志願不是慶櫻女高嗎？

我考上之後，向徹子道謝時，以此為前提和她閒聊，她也沒有否定原本的志願就是慶櫻女高。所以，我一直認為老媽弄錯了。或者，徹子報考春霞只是為了當作紀念？還有一種常見的情況，補習班和學校請託優秀的學生，雖然沒有就讀意願，依然報考數間名門學校，只是公立學校確實較少成為目標。

——我真是蠢到家了。

那陣子，由於私立學校比公立學校早放榜，私立組的同學就像鬆弛的彈簧，早早從升學壓力中解放，日子過得非常悠哉，我也不例外。我短暫回去參與社團活動，拿出塵封在壁櫥角落的漫畫書，從頭到尾慢慢地重看一遍，日子過得悠哉又隨興。

當時，我的眼角餘光看見徹子連下課時間都在讀書，心裡卻只單純地想「那傢伙真認真啊」。不，說得精確一點，我什麼都沒想。

聽老媽說了才知道，徹子沒考上慶櫻女高。

「小徹的母親說，她如果是好好應考，一定會考上。她好像很氣呢，媽媽也不好意思追問詳情……」

平石家的阿姨明明就很溫柔，老媽，你生起氣來比她恐怖數十倍吧！我心裡雖然這麼想，但是並沒有刻意說出口激怒她。

總之，我當時就像彈性疲乏的鬆緊帶，鬆懈至極，所以和平時一樣，沒仔細聽老媽講話……也許是大腦下意識拒絕接收對我不利的事實吧。直到隔天去學校，我看見徹子本人，才慢半拍地想起：對了，老媽昨天好像說了奇怪的話……

「聽說你考上春霞了？果然厲害。」

話還沒說完，徹子便笑咪咪地點點頭。

「嗯。和你同一站，請多指教。」

她刻意說得雲淡風輕，想直接從我身旁溜走。

眼神完全沒看我。

我才察覺不對勁。

徹子從小就不擅長說謊。應該說，她基本上討厭說謊，所以會極力避免需要說謊的情形。表現得非常明顯。

而且，從剛剛的回答可以確定，春天起，她要去讀春霞高中，沒錯吧……？

那麼，本來確定會上的慶櫻女高怎麼了？記得老媽說她不可能落榜啊……

我感到脖子發涼。

「等、等一下！」

我大步追上去，繞到她的面前。接著，徹子果然輕輕移開眼神，表現得既尷尬又困窘。

直到這一刻，我才恍然大悟。

徹子沒考上第一志願。原因無他，是我造成的。

5

二月第一天，換日線一過，雨變成了雪。和氣象報告很早以前預測的結果一模一樣，我也提早設了兩個鬧鐘，一大清早就被吵醒。畢竟，這天可是第一志願晴喜高中的應考日。我運氣不錯，電車沒有因為下雪而停駛，不過以防萬一，我還是盡早出發前往考場。

掀開蓋住腳踏車的遮雨墊，積雪和凝結的冰一起掉下來。抱著墊子回到玄關，老媽喝斥「騎腳踏車很危險，用走的」，我只好無奈地將墊子蓋回去。手套有一隻不見了，我花了一些時間找。走出家門的最後一刻，我重新檢查准考證和車錢有沒有帶到。有了這些，只要不是太慘都沒問題。

第一次參加大考，果然比第一次上場比賽還要緊張。肚子裡好像有一把火在燃燒，使人失去冷靜。因為各種突發狀況，預留的時間快要不夠用了，我急急忙忙衝出家門。

我家距離車站騎腳踏車只要十分鐘，趕路走大約十五分鐘。但這是指一般情形。當天雪積到腳踝，非常不利行走。而且路面被雨水打溼又結凍，整個滑溜溜的。考試當天滑倒未免太不吉利，所以我小心地一步步慢慢走。寒氣很快便穿透運動鞋，我的腳趾凍到發疼。

抬頭一望，前方不遠處有個穿黑衣服的行人，似乎穿了容易打滑的鞋子，看起來隨時會滑倒。才剛這麼想，那個人便狠狠摔了一跤，發出呻吟。對方不停喊痛，像小朋友一樣哭了起來。我急忙趕過去，跌倒的人是個將圍巾包在頭上的老婆婆。她似乎站不起來了。

「婆婆，你沒事吧？」

我蹲下來，同時出聲關切。老婆婆看見我，眼睛忽然睜大，大喊「阿修！」並且用力抱住我。她似乎把我和誰認錯了，一面哇哇大哭，一面連聲哀號「阿修！好痛！我骨折啦！」口齒不清地向我哭訴。

我被陌生老婆婆纏上，不知所措。雖然想叫救護車，但我沒有手機，附近也沒看到其他人影。時間還很早，隨便向附近人家大聲呼救怕會打擾居民。問題是，老婆婆彷彿溺水一般拚命抓著我，怎麼都不肯放開，我不敢用力甩開跌倒受傷的老人，怕她傷得更嚴重……想到這些，我就無法動彈，只能結凍似地蹲在雪地上，腦中一片混亂。

——怎麼辦？怎麼辦？好死不死偏偏是今天。

不知愣在原地多久，忽然有人從背後叫我。不回頭也認得出聲音，我頓時心想「呼，得救了」。

「太好了，徹子。快來幫我。」

果不其然，回頭一看，徹子快步接近，嘴角憋著笑意，大概覺得被老婆婆纏上的我模樣很滑稽吧。不過，在這危急存亡之秋，她在我眼中就像是女神。

徹子直接在老婆婆的身旁蹲下，用非常溫柔的聲音說：

「婆婆，我跟你說，阿修得去上班了。」

「上班……」老婆婆喃喃重述，「上班……阿修要上班呀！」

「嗯，沒錯。要去上班。是很重要的工作。所以，我們送他去上班，好不好？」

老婆婆乖乖放開我的手，像個孩子般對我揮手說「小心慢走」。她的笑容非常燦爛，令人懷疑她其實沒有骨折吧。

「接下來交給我。」

徹子這次轉頭面向我，語氣堅定地說。

「呃，可是……」

「別說了，快點走。你今天要考試對吧！」

徹子露出嚇人的表情，我反射性地起身，卻還是動彈不得，徹子朝我的背大喊「快！」為我打氣。我暫且擱下想道謝和內疚的心情，踢著雪加速前進。

多虧徹子幫忙，我準時進入考場。答題時意外順利，自己也覺得應該考得不錯。

隔天在學校碰面時，我趕緊追問：「昨天對你真不好意思。那個老婆婆後來怎麼樣？」徹子傻笑說：「沒有啦，我沒幫上什麼忙，不太確定到底怎麼回事。附近居民幫忙叫了救護車，聽說傷得不嚴重，只有腳踝扭到和撞到腰。」

「哦？沒有骨折嗎？太好了。」

因為她看起來很痛的樣子，我很擔心。

「幸好沒事、幸好沒事。」徹子滿意地說，接著改變話題問：「對了，你考得怎麼樣？」接下來，我們就沒再提過老婆婆的事了。

我為什麼沒有即時發現呢？徹子當時的表情和現在一樣，似乎很尷尬，明顯想要轉移話題，彷彿害怕隱瞞的事情被揭穿。

明明她幫了我，又幫助了老婆婆，根本沒做虧心事。我發自內心感謝她。

我當時應該要想到的。那天大家都去參加私立第一志願考試，國三教室因此空蕩蕩。這明明是再清楚不過的事實。

徹子的第一志願——慶櫻女高，當然也在同一天舉行考試。而我因為要考試，腦袋一片空白，結果只想到自己，連這麼理所當然的事都忘了。說老實話，我甚至氣那個老婆婆在我面前跌倒，所以，當徹子及時現身、替我解危時，我發自內心鬆了一口氣。

我抓起徹子的手，用力拉她走，在升學輔導室的門前質問：

「為什麼！你那天也有重要的考試吧？你的志願學校比我的考場遠多了。沒有立刻發現是我不好，但你也有錯。為什麼不跟我說呢？為什麼非得由你犧牲才行啊？太奇怪了吧？」

我一口氣說完，停下來喘口氣。她要是敢裝傻說「那天沒有考試」，我一定當場從升學輔導室拿出資料對質。

「討厭，哪有犧牲這麼誇張，」徹子果然又笑了，「雖然稍微遲到，但我有好好參加考試。」

「那不是一間遲到還能及格的學校吧？你在做歷屆考題時，不是說完全沒有時間檢查嗎？」

不僅如此，慶櫻女高的校風是出了名的嚴厲。光是沒有正當理由遲到，就有可能被扣分。

「……你一定沒解釋為什麼遲到吧。」

這幾乎是肯定的。

徹子短暫噤口，接著才小聲說：

「反正已經落榜了。」

這種自暴自棄的說法令我更加生氣，不自覺抬高音量：

「你那麼聰明，本來應該要考上的！」

徹子似乎被我生氣的樣子嚇到，肩膀震了一下。她短暫地發楞，然後突然掉下眼淚。

慘了，不該對女孩子這麼凶的！我頓時一陣驚慌，徹子則喃喃說出：「奇怪，好像有髒東西跑到眼睛裡面了……」如此老套的對白。接著，微微一笑說：

「對不起，讓你擔心了。我沒事啦。老實告訴你吧，我想讀春霞，可是父母希望我去念慶櫻女高，我實在說不出口。所以阿護，你真的不用放在心上。對不起喔。謝謝你為我擔心。」

她說完就轉身背向我，逃也似地離開了。

「……剛剛那些話，應該是真的。」

我目送徹子的背影離開，自言自語地說服自己。

最近，我開始能區別徹子真心話和假話之間的微妙差異。但也只是第六感的程度而已。

徹子基本上不樂於說謊，但她偶爾會說出令人費解的話。這通常是違背本意或不符實情的時候。我知道只要針對這點去質問，她就無法招架，但大多數時候，我都會假裝不知情。

我想，在她需要說謊的每個當下，一定有她自己的理由。也許難以啟齒，也許有什麼不可告人的苦衷。

沒錯，沒有人會把自己的所有祕密昭告天下，我也有一、兩個不想告訴別人的祕密。

這些我都能理解，但唯有這次我無法接受。要說我惱羞成怒也行。因為這件事非同小可，不是嗎？那可是足以影響人生的大考啊。

那個下雪的早晨，應該還有其他更好的處理方法。我們只是國中生，老實向大人求救不就好了？儘管知道會打擾居民，也應該去狂按附近人家的電鈴，請他們幫忙叫救護車的。徹子最後也是這麼做，但沒必要陪著老婆婆等救護車吧？直接對出來的大人說「我們今天要考試」，對方肯定也會叫我們「趕快去」……世界上絕大多數成年人都很樂意幫助小孩子。

即使在那天的那個時間點，我因為慌亂沒有想到，徹子一定也能察覺……我毫無根據地這麼認為。別看徹子平時好像很呆，她遇到事情時危機處理能力很好，總可以做出正確判斷。

所以，我馬上接受了徹子「其實想讀春霞」的說法。至少，這比為我犧牲要來得合理許多。

儘管心裡覺得怪怪的，我暫時相信她的說法，但仍不免感嘆。

平石徹子這個人，還真是從頭到尾都讓人摸不著頭緒啊。

6

國中畢業以後，我和徹子見面的機會自然少了許多。不過我們家住附近，學校又在同一站，偶爾會在路上看見彼此。只是不論是我還是她，都不會特別急著衝上前講話。

撇開偏差值不談，位置在同一站的春霞高中和晴喜高中，若是論起誰的制服比較可愛，我們學校的女生表示，絕對是晴喜高中大獲全勝。確實，晴喜的制服是格子裙，極具青春氣息，還有格紋領結和緞帶，非常時尚。相較之下，春霞高中的制服從上到下一身深藍，裙子也不飄逸，完全不起眼的設計，領帶又是深紅色，沒有緞帶，一看就是「公立學校」。學校女生批評春霞高中的制服「好土」，唾棄至極。不過，附近居民當然給予「果然是好學生讀的學校，看起來很老實，不輕浮」的好評價。

但至少我認為，老實的徹子很適合穿春霞高中的制服。

我並沒有特別仔細觀察她，只是單純這麼想。

上高中後，我一樣加入柔道社。高中的團練真的很吃重，因此，我的日常生活完全容不下青梅竹馬……就這樣持續了很長一段時間。

五月連假結束時，相隔多日，我終於在車站遇見徹子，她和女生朋友走在一起。我好奇望去，她們開心聊著天。在那之後，我看過她們好多次。她們可能是同學，也可能是社團朋友，看起來感情很好。我以前從沒看過徹子這麼愉快地說話。

國中時期，徹子對任何人都溫和有禮。這也表示她給自己築了一道牆，與旁人保持一定的距離。憑那傢伙過於平板的個性，要和別人變得「特別」要好，恐怕很困難。而且，其他女生對她也不是很好，總愛嘲笑她、見機使喚她，或是只有遇到事情才會找她。

徹子雖然不跟她們一般見識，但我忍不住在心裡瞧不起那些狂妄的女生，常常心想「唉，這些人真是愚蠢」。

我最痛恨狗眼看人低的傢伙，這跟性別無關。為什麼這些人一心只想揭人瘡疤呢？為什麼喜歡看別人犯錯或失敗呢？為什麼不能接受比他們亮眼、比他們優秀，甚至比他們笨拙的人呢？

某方面來說，這些人或許也渴求著「平板化的生活」吧。他們制定了統一規格，規範自己和那狹隘的世界，並且嚴格遵守，只要稍稍不合乎規定，就視為王國裡的造反者。比較好、比較差都不行，所有人都要一致。不一致的人，就把他們輾平，鋪上同樣平面的價值觀……然後，只有自己和夥伴可以坐在矮到不行的小山丘上，藐視其他人。

這種自私自利的假平等，去吃屎吧！

真是愚蠢至極。那些傢伙憑什麼認為自己比徹子優越啊？憑什麼把她當成好用的棋子？

受盡欺侮的徹子可是努力拿出好成績，考上附近最好的高中，而那些崇尚規格化的傢伙一個都沒考上。

現在，徹子交到了好朋友。這是徹子值得紀念的里程碑。

我恨不得拍拍她的肩膀對她說「太好了」。當然，徹子已經是他校女生，我並沒有機會和她肢體接觸。

不過，曾有一次反過來由她接近我。

當時，我在車站裡發呆等車，忽然有人從背後拍我的肩膀，我訝異地回頭，發現是徹子。穿同校制服的女生也站在旁邊。雖然是第一次近距離看，但就是那個好朋友。她的個頭嬌小，柔軟的栗色頭髮令人印象深刻，長得挺可愛。

「好久不見，你又長高啦？」

徹子似乎心情很好。不知道是我多心，還是她真的變得比以前開朗。我猜新學校的環境很適合她，交到新朋友也增加了她的自信心吧。

「我來介紹，她是我的好朋友，林惠美。惠，這位是從小和我一起長大的……」

「我叫森野。」

我簡短地自我介紹，輕輕低下頭。

「啊、呃，請多指教……」

小惠面紅耳赤，扭扭捏捏。突然被介紹給其他學校的粗獷男生，真是難為她了。這時剛好電車進站，我上車後刻意站得比較遠。從乘客的縫隙間偷看，她們再次開心地聊起天。因為我人高馬大，她們很好尋找目標，不時往我這裡瞄，發出竊笑。音量很小，內容我聽不清楚，也許是在談論我。不知是在說哪件事，讓我很在意。因為徹子不會說人壞話，想必只是平淡地陳述事實吧。

他是我的鄰居、讀晴喜高中、練柔道……應該就這些吧?也許還會加一句「是個不錯的傢伙」。

但願如此。我發自內心替她高興，徹子終於交到比「青梅竹馬」更「特別」的朋友了。

小惠似乎認定我是「朋友的朋友」，見面都會打招呼，遠遠看到彼此，就會點頭致意。有一次，我遇見小惠的時候，剛好和同學走在一起，眾人一片騷動：「其他學校的女生、其他學校的女生耶！」這些傢伙平時總囂張地說「好學校的女生都是戴眼鏡的醜八怪」，怎知見面馬上態度一變。不用你說，我也會好好保護徹子重要的朋友，不讓這群臭男生接近的。

到了暑假快結束的時候。

春霞高中因為是公立學校，暑假比我們私立學校少了五天左右。開學後進入短暫的籌備期，匆匆忙忙辦完校慶，緊接著就是期中考。聽說暑假也要參加暑期輔導。升學學校果然課業很重。

當時，我在家裡趕暑假作業，忽然接到徹子的電話。我和她都沒有智慧型手機，所以是家裡的電話。老媽興奮地說：「唉唷，好久不見！一陣子沒看見你，我還在想你最近過得怎麼樣呢。有機會一定要再來我們家玩喔！」我聽到的當下完全以為是老媽的朋友；所以，當我聽到老媽喊「小徹找你」時，大大吃了一驚。我一面在心裡抱怨「真是的，找我的電話不要擅自聊起來啦」，一面難掩緊張地切換到子機，走回自己房間。仔細想想，這好像是我第一次接到徹子的電話。

「啊——喂？」

我們住隔壁而已，何必這樣拐彎抹角打電話，直接過來不就得了？我邊想邊接起電話。

「午安。」徹子彬彬有禮地向我打招呼，聲音有點僵硬，我挺直背脊。

「那個，我有事情想拜託你……」

她還沒說完我就一口答應：

「沒問題，我幫。」

她隔了一會兒才說「我都還沒提什麼事耶」，語帶笑意。徹子的聲音震動耳垂，隔著電話聽起來，和記憶中的音色有點不同。不過語氣變得比較開朗這點，應該是小惠的功勞吧。

徹子彷彿看穿我的心思，突然提到她的名字。

「和惠有關。啊，我同學，林惠美。」

我用「嗯」表示不用刻意說明我也明白，要她說下去。

根據徹子所說，小惠在通學的擁擠電車上遇到惡劣的色狼，被纏上了。聽說放暑假前就被盯上，新學期才剛開學，色狼馬上現身跟蹤。

「惠很內向，不敢大叫，也不敢向旁邊的人求救。」

這樣不行啦——我心想，同時擔心另一件事。

「你呢？」

「咦？」

「你都沒事嗎？」

徹子稍微想了想。「難不成……」她說，「你擔心我也遇到色狼嗎？我沒事，色狼也會看人啦。」

「女高中生不可以有這種輕率的想法，凡事都要多小心才行。」我忍不住多叮嚀兩句。

徹子沒有特別回應我的關心，接著說出意想不到的話：

「有一次，我直接上前警告對方，但因為沒有證據，對方反過來怪罪我，我也無法反駁。對方完全不怕女生，我果然被看扁了，抗議無效。」

「喂，不要貿然行動。」

「嗯，果然沒用。」

「我不是這個意思，我是說，你自己去跟他講道理太危險了。他要是忽然惱羞成怒，你說怎麼辦？」

徹子因為我生氣而嚇到，手足無措地道歉：「也是，對不起。」

「唉，抱歉，我不該這麼大聲。總之我了解情形了。趁我暑假還剩下幾天，來速戰速決吧。」

我們立刻討論作戰細節，我充滿幹勁地掛斷電話。明天要盡量早起，我雖然想早點上床睡覺，但是不行。我無奈地坐回書桌前趕作業，卻因為不專心，成效不彰。

隔天一早，我坐上與平時相反方向的電車。聽說那個電車色狼專門瞄準小惠從JR轉乘私鐵的時機跟上去，我今天的目標就是去轉乘站埋伏。

徹子說她也要跟，我拒絕了。犯人認得徹子的臉，要是看見可能會逃跑。但重點是，我不能讓徹子冒這個風險。

我鎮守在月台長椅上，假裝在看書，一面悄悄觀察四周動靜。徹子已經把小惠平時搭哪班車，以及大概的乘車位置告訴我。以防萬一，我提早抵達月台，隨即鎖定一個可疑人物。那個人看起來是年輕上班族，數輛電車經過都沒上車，無所事事地在月台走來走去，怎麼看都很可疑。

但這樣說起來，我自己也很可疑。因為沒事先知會小惠作戰計畫，我戴上老爸的帽子和太陽眼鏡遮住臉，盡可能從現有的衣服中挑了最輕浮的一件穿上，猛一看就像孔武有力的小流氓。

幸好，那個上班族完全沒瞧我一眼，專心盯著從樓梯下來的乘客。頭髮飄逸的眼熟女生走下月台，可疑男子立刻躲到樓梯後面。看來就是他了——我也起身行動。下一班電車即將進站，月台響起廣播。男人若無其事地走去小惠排的隊伍，而且就站在她正後方。

我平時每天搭車通學，從沒留意過這件事，也不曾親眼目睹，原來世界上真有這種傢伙。我嘆了口氣。今天是因為我還在放暑假，可以站在通勤通學的人潮外圍觀察，才發現原來在例行日常中難以察覺的事物的確存在。要稍微站遠一點，凝神細看才能看到。

我大步走過去，成功排在男人的正後方。這一站有很多人轉車，人潮一口氣擠進車門，車廂內頓時擠得像沙丁魚罐頭。只見男人緊貼在小惠後頭，我感到噁心反胃，但先按兵不動。

接下來發生在短短一瞬間。小惠立刻不安地扭動身軀，我拿出預藏的數位相機，成功拍下男人犯案的鏡頭。他聽到快門聲，訝異地回頭，我又拍了一張；然後硬擠過去，拍下決定性的證據。

能在這麼短的時間內掌握證據，我應該滿有天分。接著，我用力扣住男人的手臂，他皺起臉說「你做什麼」，刻意壓低了音量，大概不想引起騷動。

我可沒有義務幫他粉飾太平，大聲說：

「好啦，抓到你這個色狼現行犯了。在下一站下車，我要請站務員帶你去警察局聊聊。」

「冤枉啊！」男人故意大叫，「你們是串通的吧！目的是栽贓我，賺取損害賠償金！」他完全不打算認錯，這就叫做虛張聲勢。

「是嗎？我可是親眼看見你摸下去了。請鑑識員調查比對衣服上的纖維，就能真相大白。既然你宣稱自己無罪，就讓警察好好調查採驗啊。不過在採證之前，我已經拍下你犯案的瞬間了。」

語畢，男人漲紅的臉漸漸化為蒼白的紙黏土。原來人類的臉色可以變來變去，我不禁有點佩服。真像變色龍。

他是不是覺得人生完蛋了？與其現在露出絕望的表情，當初又何必當電車色狼呢？因為眼前有可愛女高中生的屁股，沒辦法嗎？不，這完全當不成藉口。不小心碰到？沒有避開？別找理由了。你分明物色了自己偏好的女生類型，鎖定目標後展開突襲，不是嗎？擺明了就要犯案，不是嗎？

同樣身為男人，我實在無法理解他的心態。跟摸不透徹子的意思完全不同，總之就是不明白，連花時間去理解都是浪費……看到小惠因為這種惡劣又自私的傢伙偷哭，更加強了我的想法。

他難道沒有珍惜的異性嗎？就算沒結婚、沒有女朋友，總有母親、姐妹或童年玩伴吧？

也許沒有吧，真可憐，連一點想像力也沒有。他欠缺了想像重要之人遇到同樣事情的同理心，也無法想像犯案之後會有什麼下場。

這件事可能會葬送掉他的人生。他應該會恨我吧。不過，那又如何？

如此一來，徹子平日通學的電車上，就少了一個會對女高中生下手的色狼。我高興都來不及了。

7

「——我無法接受。」

早上一在學校見到根津同學，他便用死魚眼瞪我。

根津是同班同學，和我同屬柔道社。他個子小，皮膚又白，加上姓的發音很像老鼠[4]，所以見到他的第一天，我就聯想到家裡養的白老鼠小粒。這件事我是絕對不會告訴他的。

話是這麼說，但我後來聽他說才知道，他在國小、國中時期的外號都是「老鼠」，被欺負得很慘。

「你塊頭這麼大，就是註定要當老大的啦。既然怎樣都打不贏，逃跑的人就是贏家。我是因為這樣才進來柔道社的啦。」

根津同學並非來自鄉下，遣詞用字卻有怪腔怪調。應該是裝出來的。因為他有時候完全沒腔調。

聽說他是上高中後才加入柔道社，國中參加的社團是電腦社。

這樣我就能理解了。畢竟他怎麼看都不像運動社團的人，本身也不是練格鬥技那塊料。根津同學體格瘦弱，光做完熱身運動就累癱在地，我一直不明白他為何偏偏加入柔道社。他的說明解開了我的疑惑。為了不被欺負，才下定決心要變強吧？

我這樣問，結果被他澈底嘲笑了。

「怎麼可能？又不是漫畫的啦。我只是一個剛開始學柔道的門外漢，不可能把你這種大塊頭摔出去吧？我要學怎麼安全跌倒。只要熟練如何安全落地，以後就算被用力推或往下摔，至少不會受重傷，對吧？」

看來他完全認定自己會被揍、會被欺負。

「而且……」根津同學賊賊一笑，接著說，「要是在鬧區遇到惡霸，可以放話說『我現在參加柔道社喔，學長和好朋友每個都很強喔，一通電話就會趕到喔』，對吧？我們學校的柔道社有多強，可是聲名遠播，人人說讚，這樣我就有靠山的啦！所以呢，我們好好相處吧。」

根津同學面帶陽光笑容，大剌剌地揭露企圖，我只能無言回應：「哦、嗯……」

4. 根津的日文發音為 nezu，老鼠是 nezumi。

當初真應該吐槽他：「一通電話就會趕到？又不是叫披薩！」

某方面來說，他也是強者。雖然第一印象聯想到白老鼠小粒，使我想起那個一碰就碎的豆腐倉木，認識後才發現完全不同。

從今以後，我對根津同學刮目相看，感情也真的挺不錯。他是我至今沒遇過的朋友類型，相處起來相當有趣。

現在，這位根津同學一看到我就嘀咕「我無法接受、我無法接受」。

「沒頭沒腦的，你到底怎麼了？」

我感到不知所措，忍不住問，根津同學一副怨恨的表情反問：「你自己心裡都沒有底嗎？」態度彷彿質問犯人。

「完全沒有。」

「可惡，得了便宜還賣乖……明明是熊。」

只見根津同學咬牙切齒，不知道在忿忿不平什麼。

當他告訴我自己受到欺侮時，我不知該作何回應，不小心說了「我從國中就被嘲笑是熊，和老鼠差不多」這種沒有安慰效果的話，從今以後，他就常常叫我熊。

「……我說啊，你昨天去參加了春霞高中的校慶，對吧？」

根津同學突然用怨恨的聲音說。

「咦，你怎麼知道？啊，你也去啦？」

「我不能去嗎？」

他每句話都充滿挑釁。

「呃，幹麼？我哪裡得罪你了？」

我開始感到不耐煩，稍微加重語氣，根津同學立刻像洩了氣的皮球。

「就是……你不是跟林同學走在一起嗎？」

他含糊地問，我有點訝異。

徹子說要答謝我解決色狼騷動，邀我去春霞高中的校慶玩。

「惠很感謝你喔，說想見你一面，當面道謝，因為當時真的太混亂、太倉促了……她說歡迎你來班上攤販玩，想吃什麼都請你。我也想帶你參觀我們學校，你如果願意來玩，我會很高興。」

既然徹子都這樣說了，我認為只是小小的謝禮，不如就大方接受。畢竟，我也是在暑假作業差點趕不完的情況下仗義相助。不過更重要的是，我對徹子每天上學的地方很感興趣。

如果是晴喜高中的校慶，我在國三時去參觀過一次。真的就如動漫裡所演的，有女僕咖啡廳啦、以假亂真的鬼屋等等。雖然整體而言都是學生自己動手做，但完成度之高，令人暫時忘卻考試壓力，真是一場難忘的校慶。

比起來，春霞高中的校慶就很樸實，崇尚環保精神。舉例來說，晴喜高中的話劇社會耗費心思製作舞台服和大型道具，很像一回事；春霞的表演者則全員穿運動服上場，背景也是單純的黑幕，彷彿對觀眾說：請自由發揮想像力。準備期也很短。換句話說，校方希望學生把注意力放在課業，校園活動則在不影響課業的前提下進行——聽說這是學校方針。

其他學校的學生去參觀，難免批評「好窮酸」，但我認為沒什麼不好。因為就我所見，參與的學生都樂在其中，這才是最重要的。

徹子和小惠也不例外，她們開心，我當然也高興。

原來根津同學在場啊。

「你怎麼知道小惠？」

「竟然叫得這麼親。」

根津同學生著悶氣，語氣很嗆。

「因為，她是我青梅竹馬的好朋友。」

「青梅竹馬？所以是女生囉？」

他的語氣滿是質問，我回答「不然呢」。

「左擁右抱參加女校校慶，你是現充[5]啊！」根津同學咬牙切齒。

「你呢？和誰一起去？」

「我自己一個人去，不行嗎？用定期車票就能去，我只是好奇想去看看而已。」

「去看小惠？」

「倒也不是……」

我的反擊奏效，根津同學失去氣勢，支支吾吾。

「那麼，你和小惠又是什麼關係？你暗戀她嗎？」

根津同學露出遭受痛擊的表情，瞬間無語，然後才小聲地說：

「我們國中同校，只有一年級的時候同班。」

根津同學只回答了第一個問題，但從他微微泛紅的臉色，另一個問題的答案已經不言自明。

看來我有必要澄清誤會。

接著，我大致說明了電車色狼騷動的經過，強調這只是謝禮，沒有更深一層的

5. 日本流行語，字面上的意思是「現實生活過得很充實」，類似「人生勝利組」之意。近年來主要的判斷依據則是一個人是否有男女朋友。

意思。根津同學默默聽著，忽然納悶歪頭。

「你不覺得很奇怪嗎？」

「咦？哪裡？」

「昨天我聽到林同學說，她本來打算遇到色狼要大聲叫對方住手，實際遇到卻說不出口。說她嚇壞了，很感激你救了她。」

「什麼？你一直偷聽我們講話啊？」

聽到他原原本本地重述我們昨天聊天的內容，我不禁倒胃口。瞧他說得理直氣壯，這可是偷聽耶！

「你不覺得奇怪嗎？」根津同學無視我的問題，繼續問，「聽你的描述，你的青梅竹馬向你求救，是因為林同學已經多次遇到電車色狼，沒錯吧？她甚至當面警告過對方的啦。可是，聽林同學本人描述的語氣，彷彿你出面那天是第一次遇害，你不覺得奇怪嗎？」

「所以呢？」

意有所指的語氣令我煩躁。根津同學聳聳肩膀。

「換句話說，這些全是你青梅竹馬設計的啦。她可能和那個色狼有什麼過節，才會設下圈套，這樣才合理吧？她把林同學當作陷阱，或者說誘餌……如果是這樣的話……」

「太蠢了吧？哪有可能這麼做啊？再說，徹子不是那種人。」

我的語氣比想像還重，根津同學雖然有些畏縮，仍繼續說：

「因為，女人都不是什麼好東西的啦。不過，男人也沒好到哪裡去，像我這種弱小的傢伙會被欺負，你這種濫好人也會被利用。」

「照你的說法，難道小惠也不是好東西嗎？」

「她是天使。」

我心想，話都你在講。既然這樣，徹子也是……想到這裡，我閉上嘴巴。用這種譬喻來形容徹子，實在太彆扭了。

我想了想，回答：

「那是因為你不認識徹子，那傢伙才是常常被人利用。而且，她比任何人都值得信賴。我不允許你擅自誤會她、貶損她。」

根津同學眼睛微微睜大，「嗯——」了一聲。其中沒有感覺到揶揄的成分，只是單純表示「嗯——原來如此」，所以我也沒有繼續追究。只是看他擅自露出「好像懂了什麼」的表情，讓人感覺不是很好。

如同根津同學不想被問關於小惠的事，我也不想把徹子的事告訴別人……除非是像這次遇到特殊狀況。

一方面也是因為不知該如何提起。總覺得無論怎麼說，都會失真。

剛剛我對根津同學說的「值得信賴」，應該還算接近吧?但仍稍嫌不足。我不禁感慨，原來話語是如此殘缺、如此不自由的東西啊。

根津同學懷疑她並非毫無根據，徹子明顯有所隱瞞。不是針對我，而是對所有人。徹子懷藏的祕密有時會讓她顯得不自然、行為脫序。看得出來，徹子相當在意自己時常遭受懷疑和同情這件事。但只要她不主動開口，我也不會強硬追問。我只想從遠方守護她，在她向我求助時伸出援手……但這必須建立在全面的信賴上。從小到大，我們都是這樣的互信關係。

無論是根津同學，還是其他人，肯定都無法理解吧，我也不求他們理解。因為就連我自己，也覺得這神奇到無法解釋。

唯一能說的只有……

我想把這份心情輕輕收在心中最澄淨的位置，不想用情情愛愛來為它命名。

8

校慶以後，徹子開始會找我出去玩，去遊樂園啦、動物園啦、看電影啦。乍聽很像約會吧，但不是單獨去，還有小惠。

我和徹子本來就熟，相處起來輕鬆無負擔，小惠也很乖巧懂事，所以每次都很愉快。過去我從沒有和異性朋友出去玩的經驗，因此沾沾自喜也是不爭的事實。

我忽然想起國三那年過年，由於大考將近，只能求神明保佑，我特別在大年初一起了大早，到神社拜拜……老爸昨夜大喝特喝後才睡，還沒醒，所以只有我和老媽一起去。排隊的時候，班上的現充軍團剛好路過，說我「竟然和媽媽一起來，真是媽寶」，把我澈底嘲笑了一番。他們是兩對約會的情侶，共四人。我本來想詛咒他們「可惡，走著瞧！祝你們統統考上不同學校」，但神明當前，我還是優先祈求自己榜上有名。

而現在，我竟然和兩個可愛的女孩子同遊遊樂園，在旋轉咖啡杯上嘻嘻哈哈，好不熱鬧。雖然不是根津同學說的那樣，但我該不會正從熊戲劇性地進化成現充吧？我一方面戒慎恐懼，同時也有點飄飄欲仙。

雖然有點衝昏頭，有件事卻令我很在意。那就是：徹子總是後退一步。舉例來說，搭雲霄飛車的時候，遇到雙人位，她一定把我向前推，理由是「惠很膽小，你陪她一起坐」、「我不怕」。

這是徹子向來的壞毛病。因為自己在家中是姐姐，總是讓著弟弟，在外面自然也這麼做。回想起來，考試那天也是如此。

除此之外，三人出遊，難免尷尬，總有一個人多出來。因為是兩女一男，通常應該由我扮演多出來的角色，徹子卻自願退讓，這也太奇怪了吧。小惠顯得不太自在，害我也跟著尷尬起來。

所以，我多次主張下次要帶朋友過來，也找了根津同學一起。根津同學聽完詳情之後，當下露出微妙的表情，口中喃喃自語「終於……終於我也輪到這一天了……」，看樣子並不是真的排斥。

出遊當天，根津同學如期赴約。我還是第一次看他穿便服，看起來有刻意穿搭，整體走黑白色系，只有襪子特別搶眼。但很可惜的，帥氣的黑衣下方露出突兀的白衣，我小聲提醒「喂，內衣跑出來了」，他氣呼呼地反駁「這種衣服就是要這樣穿」。

「照你的說法，皮帶垂在那裡也是故意的？」

「這叫時尚，懂不懂啊！」根津同學怒從中來，「就是因為這樣，你才會被笑是腦袋裝肌肉的熊……」他嘀嘀咕咕。

撇開這些不談，四人出遊，座位果然好分配多了。吃飯時可以坐四人座位，也可以男生女生各坐一邊。需要分成兩組行動時，也可以分成男生組、女生組，或是同一所國中畢業的人一組（根津同學似乎對前者強烈不滿）。

我們兩個男生負責跑腿買飲料時，根津同學莫名感慨地說：

「林同學果真了不起，完全沒表現出反感，很普通地面對我。」

「啊？」我歪頭不解，「普通？這哪裡厲害了？」

「你真的完全不懂耶，」根津同學看似無奈地搖搖頭，「我國中時毫無地位可言，就像位在食物鏈的最底層，一點也不誇張。女生和那些男生反應一個樣，看到我時，不是投以同情的目光，就是澈底無視，真的就是這麼慘。」

根津同學突然道出慘痛的過去，我一時語塞。他輕輕瞥了我一眼，嗤之以鼻。

「反正就是這樣，沒什麼啦。跟你說吧，我的爺爺得了失智症，現在住在老人安養院。那裡有個讓人火大的女人。『爺爺啊，你看你看，湯灑出來了唷！我幫你呼呼喔！』彷彿在哄幼兒園的小朋友。真受不了，我爺爺吃過的鹽，可是比她吃過的飯還多耶！然後啊，大概在二年級的時候吧，班上有個女生，笑容和安養院的女人一模一樣，會用這種方式和我講話。刻意裝得溫柔親切，我一點都不感激她，反而覺得噁心。」

他說得又快又激動，感覺在鬧彆扭。我很同情被他批評的好心同學，還有那個安養院的女職員。

我多少能體會根津同學的心情，但他的說法未免太不講理、太具攻擊性了。聽說失智症會讓老年人回復到幼兒狀態，之前那個在雪地滑倒的老婆婆也是。既然如此，安養院的女職員用哄小孩的方式說話，對當事者來說，應該比較舒服吧。班上的女同學也是，當所有人都在嘲笑根津同學，只有她願意親切以對，這需要多大的勇氣才能辦到啊。

「……至少那個女生願意對你釋出善意，不是嗎？雖然不是戀愛那種好感。」

我說出自己的想法，根津同學不爽地撇撇嘴。

「善意？那種東西太沉重了，我承受不起。普通就好，像對其他人一樣，普通地接近我，這樣就夠了。我很高興，因為竟然有人願意普通面對班上不是特別熟的男生。只要這樣就好……真的、只要這樣就好。所以我……」

根津同學說到一半，話哽在喉嚨。

所以我才喜歡林同學——他應該是不想說出這句話吧。不想用如此耀眼，耀眼到顯得廉價的話語總結心情。

我默默點頭。

原來如此，我懂了。不需要懷抱惡意，也不需要懷抱善意，對根津同學來說，普通就很棒了。

我們排了漫長的隊伍，終於買到飲料和食物回來，徹子和小惠以相似的動作和話語表達了愧疚。看到她們，我恍然大悟。這兩人的內心存有非常相似的部分，這也是她們這麼合得來的原因吧。

多次四人出遊之後，某一天，在回家的路上，徹子難以啟齒地問我：

「那個，我發現你好像……刻意撮合惠和根津同學，是嗎？」

「咦？為什麼這樣想？」

我反問，徹子露出傷腦筋的模樣，我替她接下去說：

「刻意讓他們坐在一起，分頭行動時也讓他們一組，是嗎？這不是跟你對我和小惠做的事一樣嗎？」

「那是因為……」

徹子欲言又止。

「你想撮合我和小惠嗎？」

我又問了一遍。「對不起。」徹子終於鬆口道歉。

我沒問她「為什麼道歉」，因為徹子絕對不會說。

很明顯，小惠對根津同學來說是特別的，所以儘管我有點多管閒事，基本上還算具有正當性。不過，小惠真的只是「普通」地接近我們，不只對根津同學如此，對我也是。所以，我更加不懂徹子為何雞婆地撮合我們？打從一開始，我就感到非常不可思議。但反正，徹子奇怪的言行也不是一天兩天的事了。

不管原因是什麼，那天之後，徹子不再找我們出去玩了。我本來以為根津同學會失望，但他意外地沒事。

「反正就是這樣的啦，女孩子本來就反覆無常。」他用一貫的語氣說完後，冷冷一笑。

9

我對市立綜合體育館沒有太好的回憶。直到國中正式參加柔道比賽之前，印象都很好，結果初賽就輸得慘兮兮。我大可以說是因為對手太強，或是不小心舊傷復發等等，但聽起來都像在找藉口，還是算了吧。

上高中後，由於選手變多，實力也變得更堅強，因此，我直到高三才有機會出賽地區大會，結果在第二戰輸了。雖然比國中時好一點，心酸的結果仍是不變的。

然而，唯有今日，唯有這一天，此處顛覆了我的刻板印象。裡面完全沒有體育生擠在一起造成的汗臭、熱氣和熱血搏鬥；沒有震耳欲聾的加油聲、勝利的歡呼，以及敗北的屈辱。相對的，穿華麗和服的女孩三五成群，興奮地吱吱喳喳，互相幫彼此拍照。是說，那些穿西裝的臭男生也在做一樣的事啦。

每年這一天[6]，綜合體育館都會舉辦成人式。

當地車站大樓、電車車廂，以及會場所在的那一站，隨處可見盛裝打扮的和服女子，所有人打扮得漂漂亮亮，氣氛愉快，畫面真是賞心悅目。為什麼男生非得穿既不適合又不起眼的黑西裝啊？我沒有資格批評別人……因為我甚至不知道領帶該怎麼打，重新綁了好幾次，但辛苦程度和耗費的時間頂多就是這樣。聽學校女生說，她們從天還沒亮就開始換衣服、梳妝打扮，說得振振有詞。綁腰帶很痛苦、距離典禮開始要等很久、吃飯做事不能弄髒和服、要小心不讓衣服鬆掉——需要注意的點太多太多，讓她們叫苦連天。畢竟和服用租的最便宜也要二、三萬日圓，用買的更不知是這個價錢的好幾倍。

從這點來看，男生的服裝既便宜又輕鬆，真羨慕呢——總覺得女生們的語氣高高在上。但事實就是如此，說到成人式的治裝，無論時間還是金錢，男生和女生的等級都是完全不能比擬。

可是，我只是單純疑惑「與其大費周章弄得這麼辛苦，穿時髦的小洋裝出席典禮不就好了嗎？」如此假設性地提問之後，我被她們用「你是笨蛋嗎？」的眼神白了一眼。

「你們男生是不會懂的，在成人式穿和服，可是女孩子一生僅有一次的夢想。」

女生們吱吱喳喳地反擊，我只能落荒而逃。

現在，前往會場的路上隨處可見和服女子穿梭，宛如蝴蝶翩翩飛舞。相較之下，臭男生摻雜其中，一步步走著，就像螞蟻呆板無趣。我穿的當然是父母親買給我的便宜西裝，從入學典禮、參加喪禮到求職面試，一套走天下。不過起碼也算盛裝打扮，我出門時老媽還拍拍我的背說：「人要衣裝，佛要金裝，這句話真是說得一點也不假。」只是和女孩子們的和服盛裝相比，她們才是主角，我只是讓人見笑的路人，地位類似炸蝦旁陪襯用的香芹吧。

然而，實際抵達會場，也有看見卯起來打扮的男子。一身招搖的羽織袴褲，頭髮兩側往上推，染成亮麗的色彩，用髮蠟抓刺。這人應該是小混混吧。一群身穿機車隊特攻服、像學弟的跟班人馬，跟隨這位盛裝出席的小混混走到「成人式」的牌子前，據地為王，一票人開起了拍照大會。聽說這種傢伙在沖繩和九州一帶挺多的，但我們地區放眼望去只有他們，格外醒目。

本日會場的主角——下巴蓄小鬍子的小混混，正和應該是同學的老婆笑咪咪地

---

6. 現在由日本地方政府固定於一月的第二個週一舉辦成人式。滿二十歲的青年男女會收到邀請函，盛裝出席典禮。

擺姿勢。女子的振袖和服[7]鬆垮垮的，好像什麼極道之妻。學弟們興致勃勃地拿出日本酒和紙傘等等小道具，拍了各種情境照。其中最讓人震驚的「小道具」（也是我斷定他們是夫妻的理由），莫過於兩人各自抱在懷中的小嬰兒。年齡和發育情形略有不同，應該是兄弟姐妹，不是同一胎。

如果說我感動到無法言語，是否太誇張呢？因為，我可是連一個女朋友都還沒交到，他和他的太太已經生了兩個小孩！這兩人的人生故事一定很豐富精采，令人佩服。

——只是，我並不認為自己現在的生活空虛無趣。

至少對這對夫妻來說，此刻是最耀眼的舞台，最美妙的瞬間。正因為彌足珍貴，才會這麼努力拍照留念吧。

原來人類是這麼可愛的生物啊。我有感而發。

眼前的畫面太過令人感慨，我不小心看得目不轉睛，結果不出所料，被那個小混混老公「啊？」地狠狠瞪了一眼。我回給他一個溫暖的微笑，趕緊轉身離開。意外看見了溫馨場面呢。

距離典禮開始還有一段時間，我在大廳走走逛逛，東看西瞧。市內的小學、中學有設攤，展出學校活動的大合照。我好奇地尋找自己的母校，不經意在布告欄前看見熟悉的身影站在那兒，心跳漏了一拍。

是徹子。

剎那間，宛如打開彈珠汽水的瓶蓋，清涼無比的感受流過體內。

我先掃視徹子側臉的輪廓，然後若無其事地叫住她。

「喲，你也來啦。」

徹子微微笑著回頭，彷彿知道我會來。

坦白說，我已經好久沒見到她了。我後來去外地讀大學，打工地點也在學校附近，就算放連假也不方便回老家。爸媽叫我至少年初要回來一趟，順便參加成人式，我當時就想，徹子應該會來吧。老媽彷彿看穿我的心思，對我說「你可以和小徹一起去呀」。

我回老媽「女生要準備很久，不方便約啦」，最後沒和任何人約好，自己來到會場。我高中時沒有智慧型手機，離開老家的這兩年，幾乎沒有保持聯繫的朋友。

我和根津只有小惠在的時候才會約在校外碰面。再說，他本來就不是本市人。

7. 未婚女性穿的長袖襬和服，現代用於成人式和出席結婚典禮。

在這裡應該能遇見國小國中同學，既然如此，我不妨留意每一個從身旁走過的人，奇妙的是，一個也沒遇見。也許途中有遇到同學，只是太久不見，認不出來了。特別是女孩子，經過隆重的梳妝打扮，我還真沒自信能辨識。一不小心，很可能連身為鄰居、從國小看到高中的徹子都不小心錯過……這種感覺越來越強烈。

因為，女孩子穿上振袖和服的模樣就是如此華麗又夢幻。這樣雖然很好，但老實說，美到令人不安。原來外觀的影響如此之大，我不禁佩服。經過這一回，想必有不少女生和部分男生會開始追求時尚。

不過，看見佇立在布告欄前的徹子，我一方面感到意外，一方面又能理解，此外還多了一份安心，就是如此複雜的心情。她沒有穿振袖和服。

徹子穿著普通的女用黑套裝，以如同往昔的平坦語氣說「好久不見」。啊啊，是徹子沒錯。我心想。

「穿套裝滿不錯的。」

我把心裡的想法說出口。

「開學典禮、求職面試一套走天下，萬一需要參加喪禮也不用怕。」

徹子打趣地說，我也笑道「沒錯沒錯，CP值很高」。青梅竹馬的好處就是，儘管多了時間和距離上的空白，一旦置身相同的情境，從前的感覺會馬上回來。

「你看你看，阿護，你在這裡，」徹子指著布告欄前的大合照，「不管是在照片裡，還是在會場，我都一眼認出你喔。因為你就像燈塔一樣醒目。」

「是啊，我從小就長得特別高大……不過你也很好認。」

這是毋庸置疑的，徹子卻在面前擺擺手，笑著說「哪有，我不起眼」，接著加上一句「啊，不過在今天這種場合，好像很突兀」。動不動就貶低自己是徹子的壞習慣，看來這點依然有待加強。

不管是男生還是女生，總是有人喜歡將「反正我就是○○○」這類句型掛在嘴邊。「反正我長得醜」、「反正我笨」諸如此類，大部分時候，他們的目的是誘使對方安慰「才沒這回事」。但不善言詞如我，無論對方說的是不是事實，都不知該如何回應。總覺得怎麼回答都像在騙人，很彆扭。

當徹子這麼說的時候，語感雖然略有不同，卻一樣難回答。

「對了，阿徹最近好嗎？」

我笨拙又突兀地轉移話題，徹子隨即露出溺愛弟弟的笑容。

「嗯，老樣子，很好喔。啊，時間快到了，可以進場了。」

人潮同時往主看台的入口方向移動。順著人流排隊入場，站在門邊的工作人員對我祝賀「恭喜」，給了我A4大小的手提袋。上面印著市名的英文拼音，裡面放了活動流程表和相關物品。

場內設置了可隨意入座的一般席，以及按照畢業中學分配的二樓看台席。

「要去二樓嗎？」我問。

「一樓離舞台近，應該看得比較清楚？」徹子說完，毫不猶豫地向前走，選了前排左側的位子坐下。很像徹子會選的座位。

活動隨即開始，由事前公開招募的成年新人輪流上台表演，聽說旨在「盡量縮短官員致詞，把時間花在炒熱活動」，設計理念還不錯。由當地出身的播報員擔任活動主持人，以及同樣是當地人的魔術師進行魔術表演，並且舉辦地方問答，娛樂性高，相當有趣。

最後登台的壓軸是當地男子組成的搖滾樂團，演唱到一半會突然抓起麥克風大吼大叫：「祝福剛成年的新人！我們一起嗨翻天吧！耶——！」我對樂團不熟，這些人全是生面孔，看來會場裡的觀眾也幾乎不認得他們，大概是因為這樣，整體氣氛不太熱絡。

在震耳欲聾的音樂聲中，隱約混雜小嬰兒的哭聲。這也難怪，如此驚人的音量和震動，不嚇到小寶寶才奇怪。我四處張望，身旁的徹子突然用力拍我的肩膀。

「阿護，你看那裡！不得了了！」

什麼？我朝手指的方向抬頭一看，還來不及思考，身體便動了起來。

光線很暗，看不清楚，只知道二樓看台席有數名男子發生爭執。他們似乎因為某件事而互相開罵，但音樂太大聲，完全聽不見內容。

只見扶手前有個傢伙朝外側探出身體，伸長的雙臂上高舉著什麼，我瞪大雙眼，看起來像嬰兒。哭聲明顯從那裡傳來。

才剛這麼想的下一秒……

嬰兒從天而降。

10

聽說，當時我立刻攤開懷中的大衣，衝了出去。這是徹子後來告訴我的，我在那個當下腦袋一片空白，只想著要救小嬰兒。

回過神來，我已經用滑壘的姿勢趴在地上，伸長的雙臂拚死舉著拉開的大衣，小嬰兒安然躺在上面，揮舞手腳哇哇大哭。

由於燈光集中在舞台，客席間光線昏暗，加上樂團持續以大音量演奏，因此只有附近一小部分的人察覺事態。

抬頭望向二樓看台，一對男女從扶手探出身體，激動地說話，我直接抱起嬰兒，指了指出口的方向。印象中通往看台的樓梯在出口右側。我急忙朝那裡走去，徹子也跟著我來，替抱嬰兒的我開門。一出戶外，徹子把臉貼近我的耳邊說：

「阿護，幹得好。你好厲害！」

徹子難得興奮地說話，搔得我耳朵好癢。

門在背後關上，音樂聲依然咚鏘咚鏘地傳來，但總算能講話了。我們一起檢查小嬰兒有沒有受傷，幸好一切安然無恙。

這時，小混混一行人激動地從樓上衝下來。我早已料到，但真的是在門口牌子前舉辦攝影大會的一家子，還有那些學弟跟班。

我抱著嬰兒在樓梯下等，抱著更大的寶寶的年輕父親一面吼叫一面奔來。我可以理解他的驚慌，但我還真怕他穿著羽織袴褲絆到腳，連同懷裡的寶寶一起從樓梯上滾下來。看著他安然走下樓梯之後，我將嬰兒交給隨後下樓的太太。她的和服本來就很鬆垮，現在腳邊的下襬完全鬆開，美美的妝容也哭花了。她一邊哇哇大哭，一邊嘰哩呱啦地道謝。小嬰兒又哭了起來，父親還是一樣在大聲嚷嚷。眼前真是一團混亂。

警衛和體育館人員懷疑是幫派間鬧事，前來關切。

「不不，沒這回事，我們沒事。」「只是小孩在哭鬧啦！」他們說完，慢慢轉移陣地。原以為會引發軒然大波，結果什麼事都沒發生，看來所有人都想避風頭。大家雖然成年了，看到穿西裝和制服的大人還是會怕。就連我不是小混混也有這種反應。

我們在無人的自動販賣機區停下腳步，一個金髮混混突然在我面前下跪道歉。

「對不起！」他磕頭說，「我不是真的要把嬰兒丟下去！我只是威脅一下、虛張聲勢而已，是他自己猛衝過來，害我失去平衡……」

「啊？所以怪我囉？」

小混混爸爸反嗆回去，金髮男抬起頭，瞪大眼睛說：

「要爭就來啊！一開始先踢我腳的人不是你嗎？還不給我道歉！」

「會場很暗，不能怪我啊。」

「我叫你道歉！」

金髮男站起來，兩人開始互瞪。

看來這就是導火線，一來一往之下演變至此。

「所以，你就可以隨便殺死別人的小孩嗎？啊啊？」氣氛再度一觸即發。

我只能無奈地介入互瞪的小混混之間。

「幸好寶寶沒事，今天可是難得的成人式，恩怨就此一筆勾銷，好嗎？」

吵架的混混如大夢初醒，停止叫罵，兩人整齊地低下頭。

「真的很抱歉，我差點剛成年就變成殺人犯了，真的好險！」

「開啥玩笑！只是『好險』而已嗎？啊？你差點就要被判死刑了！還不快點答謝這位大哥！」

「謝大哥，真有兩把刷子！」

我什麼時候變成大哥了？真想提醒他「我們同年」。

兩個小混混左一句「真的好險」，右一句「有兩把刷子」，邊向我道謝邊鬥嘴，徹子趁這段期間和嬰兒的母親搭話。嬰兒躺在媽媽懷裡相當安心，已經停止哭鬧。

小混混媽媽叫住老公，將另一個嬰兒交給徹子抱。兩名女性一人各抱一個寶寶，好像準備去哪裡，我好奇地問了，才知道會場設有專門整理振袖和服的休息更衣室。

「難得穿了漂亮的和服過來，總不能這樣回去。」徹子笑咪咪地說，停止流淚的年輕媽媽也笑了。「而且，那裡一定能讓寶寶休息，餵他們喝奶。還要仔細檢查身上有沒有哪裡腫起來呢。」

女人真了不起，和只會吵吵鬧鬧的臭男生就是不一樣。

我在小混混集團中獨留下來，鄭重地接受感恩及道歉，還喝了他們請的飲料。由於對方主動自我介紹，我也順勢報出名字，不知不覺交換了電子信箱。

蓄鬍的小混混爸爸名叫高倉正義，太太叫做彌子——暱稱小彌，金髮男則叫大城健吾，聽說他們是同一間小學的畢業生。這場爭執似乎起因於熟人間的胡鬧。

「……你們會不會太扯了點？今天要是徹子沒發現，後果不堪設想……」

我不小心說了重話，高倉和大城非但沒生氣，還像淋溼的小狗夾著尾巴說「對不起」，嚴肅地低下頭。他們似乎意外地老實。

主會場還是老樣子，由當地樂團咚鏘咚鏘地大聲演奏。現在回去也沒什麼意思，正當我這麼想，徹子和彌子抱著寶寶回來了。

「欸欸——我們剛剛在那邊領回了時光膠囊信。」

彌子說，高倉反問：「那啥？」

「唉，你不記得啦？十歲的時候，我們參加過類似『小小成人式』的活動，當時老師叫我們寫下的作文啊。寫給二十歲的自己。」

啊，好像真的寫過類似的東西。

「那種鬼東西我才不稀罕。」

高倉代替大家說出心聲。正當其他人紛紛點頭附和時，徹子開口：

「啊，我打算領回去。聽說今天沒領走，之後會寄去老家喔。我家父母會擅自拆信，那還不如我自己先領。」

這句話動搖了在場所有人。

「……絕對會，我家老媽絕對會偷看。恐怕還會當著全家人的面大聲朗讀。」

高倉厭惡地說，數人跟著猛點頭。這的確很像父母會做的事，尤其是媽媽這種恐怖的生物，做起來完全不愧疚。況且，十年前的自己寫了什麼，沒人記得，很可能寫了現在看了會臉紅、充滿夢想的詩句，實在很危險。這種東西要是在餐桌前被朗讀，那還得了。

眾人忽然團結一氣，慢慢往領回時光膠囊信的攤位移動。穿套裝的中年婦女按照畢業學校別，為我們調閱信件。聽說她們是不同小學派來支援的家長教師會人員。出示邀請函之後，人員翻閱名冊，從成捆信件中挑出信，一邊說「恭喜成年」一邊遞給你。如此用心，讓一心只想火速湮滅證據的我們良心不安。

「號稱時光膠囊，其實只是普通的信嘛。」

「沒辦法啊，公立學校都這樣。」

眾人你一言我一語，將領到的褐色信封塞入手提袋。要是隨便丟在會場，被好心人撿回來就慘了。

領完時光膠囊信，主會場的演唱會也在不知不覺中結束，節目進行到閉幕式了。

「你們等下想做什麼？」

高倉的鬍子臉浮現和藹可親的笑容。

「沒有耶，差不多該回家了。」

「那麼，來我家坐坐再走吧。雖然說是我家，但兼做辦公處啦，離這裡很近，走路五、六分鐘而已。我們一起小小慶祝一下，順便向你們道謝，沒問題吧？」

高倉徵求身邊太太的同意，彌子聽了之後也熱情邀約：「正義，這真是個好主意！小徹，來坐坐嘛。」

我看向徹子，想說由她決定。徹子這次沒有猶豫，一口答應：「好啊，去坐一下。」既然如此，我也不會婉拒。

徹子恐怕沒什麼朋友。她的交友方式屬於被動的一方，極少主動邀請。大概是擔心主動邀約會為難別人、也許別人很忙之類的，所以無法拓展交友圈，也難與朋友深交。大概是國中時被奇怪同學單方面糾纏、強迫配合別人要求的種種經驗，使她在人際關係方面變得消極吧……明明徹子和他們不屬於同一國。

林惠美雖然文靜，但能用心對待朋友，本身也具有親和力。她是真心喜歡徹子這個朋友，我從旁看了很欣慰。希望彌子也能像小惠一樣，成為徹子重要的朋友。因為，徹子顯然很喜歡彌子和她的小寶寶。

話雖如此，由其他人來看，恐怕看不出來吧。徹子表達情感的方式「很平」。我是因為認識她二十年才知道，她正隱隱透出雀躍的心情。

回想起來，在人生這個重要的日子，能看見徹子難得一見的表情，我也變得有點雀躍和洋洋得意。

11

高倉的老家經營土木工程事務所，就在綜合體育館附近。聽說高倉自己也在家中幫忙。來到事務所，傳聞中會拆開兒子時光膠囊信並朗讀的老媽，也早已在長桌準備好外燴食物和飲料，等著我們造訪。她比我家老媽年輕許多，眼神中帶著一股狠勁，年輕時可能也是逞凶鬥狠的小混混。

「我都不知道正義有這麼正派的朋友呢。」她很歡迎我和徹子。高倉提醒我們，騷動的事要向老媽保密。

「請問，森野大哥該不會是晴喜高中畢業的吧？是不是參加過柔道社？」

趁機混進來的大城突然問，我吃了一驚。

「咦？你怎麼知道？」

「啊啊，果然！你從前號稱『大棕熊』和『屠熊戰將』嘛。」

「不，沒有這種稱呼。」

「別謙虛啦！江湖上大家都在傳，很有名喔。」

到底是誰去亂傳的？總覺得根津最可疑。我沒留下什麼好戰績，捏造成這樣太誇張了。

男生們熱鬧地聊起天，一邊吃吃喝喝，徹子和彌子也笑咪咪地在旁邊說話。看來她們真的磁場很合，但外表的風格宛如天壤之別。想到她們同一屆，總覺得不可思議。這樣說來，我和高倉也是。

我們在同一天參加成人式，但其中一人已經是兩個孩子的爸爸，而我只是啃老大學生，高倉已經開始工作，留起了鬍子，甚至為了這一天努力存錢，準備了漂亮的衣服。

「因為啊，等虎鐵和龍二長大了，我想給他們看今天的照片，向他們炫耀『如何？老爸年輕時很帥吧』。」

小混混爸爸酒後變得紅通通的臉上綻放笑容，把原因告訴我。

這件事或許不重要，但我們若無其事喝著酒。雖然已經舉行成人式，應該還有人沒過完二十歲生日吧？至少學弟都未成年……想歸想，其實我也覺得不重要。反正是關起門來喝，吐槽也沒意思。

他們多數人高中畢業便出社會工作。「滿二十歲才能做」的規定，對他們來說，意義和說服力不大。

各種不一樣的二十歲。形形色色的生存方式。有多少人，就有多少種不同的價值觀，以及不同的幸福。小混混有小混混的社會禮俗，徹子和我也各自擁有不同的人生觀。

我先痛快地飽餐一頓，接著說明「今天之內要趕回租屋處」，說完起身準備離開。徹子見了也將懷中的嬰兒交給彌子，一同起身。

「以後要是回來，一定要告訴我喔，夥伴！」

高倉用擒抱的方式撲過來，緊緊抱住我。他已經醉了。而且，我不知在何時變成了夥伴。

彌子也在旁給了徹子一個擁抱。這對夫妻還挺相似，一樣重感情，喜歡肢體接觸。夾在中間的嬰兒掙扎扭動手腳。

我們沿途肩並著肩走去車站，有一搭沒一搭地閒聊。

「我好久沒抱小寶寶了，真可愛啊。」

徹子神采奕奕地說。「對喔，上次是阿徹小時候吧。」我點點頭說。徹子有個年齡差距大的弟弟，所以很熟悉怎麼照顧小寶寶。

「阿徹最近好嗎？」

我問完才想到已經問過同樣的問題。徹子沒責怪我，露出溺愛的招牌傻笑，回答我「嗯，老樣子，愛撒嬌」。

我從前並不如此多話。徹子也是。

好久沒見到徹子，我當然也有問題想問她。

從「交男朋友了嗎？」這類輕佻的問題（但也許這個話題很普通），乃至於「畢業後想做什麼？」的正經問題，我都想問。此外，我也有點在意徹子為何獨自參加成人式。無論男生或女生，多半和朋友家人一起來會場。

她要是和媽媽一起來就好了。和阿徹來也不錯，這天是假日，爸爸也可以來啊。所有市民都能自由參加活動。

我是男生，和父母參加成人式會不好意思。我本來不打算來的，更不像高倉他們，認為這個活動意義非凡。

可是，我忽然想到。

應該要拍照留念。就像高倉他們，在「成人式」的牌子前，請徹子裝模作樣地站好，然後我也一起入鏡，拍下合照作紀念。只要拜託高倉，他肯定會爽快幫忙。畢竟，他可是對紀念照有所堅持的人。

事到如今，我有點後悔。

成人式本身只是一個活動，並不代表什麼，對我來說可有可無。

我只是輕鬆地想著，也許可以在會場遇到老朋友……

然後碰巧遇見了徹子。

抵達車站時，牆壁貼著「恭賀成人日」的海報。

「徹子，我們來拍照吧。」

我豁出去提議道。

「咦？在這裡？」

「沒錯。紀念成人式啊。」

我先請徹子站到海報前，替她拍了獨照。接著兩人一起站好，伸長手臂自拍。

我說之後會用手機把照片傳給她，順便要到了徹子的電郵。

「今天真好玩啊。小嬰兒從天而降，還跟小混混交了朋友。」

想必從今以後，我會永遠記得這一天。

真希望徹子也是。才剛想完，徹子便說：

「嗯，今天真的棒呆了！」

哦，真難得，燦爛的笑容。真想把這一幕拍下來。

儘管沒有留下紀錄，也會收藏在記憶裡。沒錯，一定是這樣。表裡如一、不帶稜角、宛如白紙、無比平滑……徹子果然是徹子，完全沒變，我很高興她和從前一樣。

我準備直接回租屋處，從車站的寄物櫃拿出行李。徹子要回老家，我們在此分道揚鑣。

「拜拜囉，路上小心。」

「哦！等我下次回來，再找你去喝酒，」說完我又追加一句，「喏，還可以約高倉夫婦一起。」

「嗯，我要去、我要去！」

徹子的語氣輕快而雀躍。

在回程的新幹線上，我運氣不錯，隔壁座位是空的，我趁機整理塞得亂七八糟的包包。我從成人式會場發的帆布手提袋拿出活動流程表和各項雜物，並在最下面瞥見一個信封，這才想起了時光膠囊信。

反正小時候的我一定不會寫多正經的內容——我一邊想，一邊翻到信封背面，發現上面寫的名字是「平石徹子」。

——糟糕，在高倉家放東西時拿錯了。

我以為袋子裡面都是一樣的物品，隨手拿了一個。不僅如此，還將另一個順手遞給徹子。

我急急忙忙發信給她。

過了一會兒收到回信。

「沒關係啦，直接丟掉吧。你的呢？要不要轉交給阿姨？」徹子完全不介意。

「千萬不要給我媽。反正內容一定很無聊，她又會拆開來看。你也幫我丟掉吧。」

「了解。」

對話到此結束。過了半晌，我猛然想起忘記傳照片了，趕緊補傳。徹子隨即回傳「謝謝」，儘管不出所料，但徹子寫信果然是簡潔的類型。我自己也是，所以明白她的心情，但總覺得……似乎少了點什麼。

稍微喘口氣後，我打量起手邊的褐色信封。普通至極的信封袋，完全沒有時光膠囊的氣氛。但重點不在格式，而是內容。

我突然很在意徹子寫了什麼。

信封並未密封。

我答應徹子丟掉它，但沒說不看。若發信問她「我可以看嗎？」她一定會回「好啊，沒關係」。那傢伙是濫好人，只要有人問「可以這樣嗎？」或是求她幫忙，除非茲事體大，否則她一概不拒絕。明知如此還刻意發信問，感覺更惹人厭。不過，我真的很好奇。

掙扎到最後，我敗給了好奇心，從封口抽出信紙。白紙上寫著徹子工整的字跡。

給十年後的我：

你好嗎？我很好。

因為我最了解自己了，所以我知道，你一定沒有男朋友，也沒有穿上流行的衣服到處去玩。你和平時一樣，認真努力地過生活。我知道得一清二楚，所以不寫那些事情。我想聊聊我的夢。

昨天，我做了一個非常奇妙的夢。夢裡有一個穿黑斗篷的魔法師老爺爺，他揮動法杖，給我看了魔法。那是魔法的國度，龍在天空飛，只要勇者帶領夥伴去冒險就會現身。所有人都穿著不可思議又奇怪的衣服，裡面有公主和外國人出現，是個快樂的夢。很像電玩遊戲吧？

希望十年後的我所看見的未來，每個人都過得幸福快樂。我能幫助大家變得幸福。

我讀完心想：什麼東西？我在看劍與魔法的奇幻冒險嗎？本人自己也寫了：很像遊戲世界。這哪裡是寫滿了夢想？而是如實把做的夢寫下來吧。想不到徹子也會做這種閃閃發光、天馬行空、很像女孩子的夢。我有點意外，也有點放心了。

接下來，我重新讀了這封十年前寫的信好幾遍，細細咀嚼後，不知為何，有點想哭。

12

出社會之後，我什麼都沒想，埋頭工作了好幾年。

經過新人研修和短期的工廠業務後，上頭以我「嗓門大、精神佳」為由，把我調派到地方的業務部門。我每天拚命拜訪客戶，對他們鞠躬哈腰。工作縱使辛苦，但我獲得上司賞識，也有前輩照顧我，日子過得還算充實。

數年過去了，工作總算沒那麼忙時，我調到從老家可以通勤的分店。自從大學到外地念書後，我長年自己租套房，現在忽然要回老家，反而猶豫了。但最後，我還是決定回到離鄉多年的老家。因為是獨生子，從前的房間還留著，只是大學用到現在的便宜家電全壞得差不多，需要替換，能省下房租開銷真是萬幸。當然，我答應會提供家裡生活費。

這是十分罕見的臨時人事異動令，我的前任是樺島先生，他為了照顧父母，突然決定請辭，我以提拔的形式遞補職缺。

樺島先生比我早三年進公司，大家都叫他「河馬」。聽說是因為姓氏[8]，以及鼻孔大的緣故。樺島先生為人隨和有禮，帶我到處與客戶交接，大家都親切地喊他「河馬、河馬」，他也一一告知「河馬要離職了，接下來請各位多多關照這隻熊」，風趣地把我介紹給客戶認識。

雖然期間很短，不過和他共事的這段時間，我明白他是很好的人。我把心裡想的告訴他，他無奈地說：「女人也常常誇我是好人，然後就沒有下文……」

「沒關係，我的人生活到現在也差不多這樣。不是被當成好人，就是當成熊。」我的話似乎安慰到他，又似乎沒有。

在分店舉辦歡送會時，河馬前輩請求所有女性員工和他合照。

「因為，回鄉下以後，就沒機會和這麼多漂亮女生合照了嘛。」他自我調侃，認真向每個人說：「謝謝，我會當成傳家寶。」

歡送河馬前輩離開的後幾天，我也在私人場合參加了迎新會；不，更類似「光榮返鄉會」吧。成員是成人式那天認識的小混混好友，還有徹子。聽說他們當初以為我們是情侶，解開誤會之後，找我們出來玩時依然把我們湊成對。我特別強調，

8. 「樺」字的發音是kaba，音同「河馬」。

當時能緊急接住小寶寶，全要感謝徹子第一時間發現，他們也把徹子當成大恩人。不過，即使沒有這份恩情，他們應該也會欣賞徹子的人品。

主要是高倉正義、彌子夫婦，聽說我不在的時候，他們時常和徹子碰面。尤其是彌子，她跟徹子最常見面。徹子很喜歡小孩，樂於傾聽為人母的煩惱。聽說她現在任職小兒科護理師。

徹子成為小兒科護理師，我並不意外，反而覺得很自然。這樣啊，徹子真的走上助人為樂這條路呢——我有感而發。徹子的靈魂一如往昔，宛如沉入水底的寶石，堅硬而透明。

外表也沒有變太多。衣著整潔，頭髮剪到剛好能紮起的長度，沒化什麼妝；換句話說，和我從前認識的徹子一模一樣，我莫名鬆了一口氣。

倒是高倉夫婦的形象和成人式當天差得可遠了。原來當時的穿著和髮型全是為了一生僅有一次的舞台做準備，他們平時沒這麼鋪張。再說，他們現在可是三個孩子的父母。在那之後，又生下一個女兒。

金髮混混大城不知為何也加入迎新會。他和從前一樣，染金髮，不知何時結了婚又離了婚。還是老樣子，在我沒交到任何女朋友的期間，混混們過著無比充實的人生。

「護理師去聯誼，不是超受歡迎嗎？」

大城輕佻的發言，令徹子苦笑。

「沒有啦，我完全沒有異性緣。而且，我沒參加過聯誼。」

「咦？為什麼啊？太浪費了。」

不知他在遺憾什麼，但我也點頭附和。我並不同意大城的說法，因為我知道，徹子一定不喜歡聯誼活動。

「聯誼很好玩唷！」大城堅持這個話題，「你們知道嗎？這是我上次去聯誼時認識的女人，聽說是幼兒園老師喔。」

他開心亮出手機上的合照。

「……你不是半年前才離婚嗎？」

「呃，所以才要聯誼啊。這次想找適合家庭的可愛女生嘛！然後啊，這位是美髮師……」

大城繼續亮出其他女性照片，這時，我想起一件事。

「對了，我有一位前輩最近辭職返鄉、照顧父母，他說因為以後沒機會見到漂亮女生，所以和分店所有女員工一一拍照留念。哪怕只是拍照，就很開心了，真的是這樣嗎？」

「開心啊，當然開心。不過，程度大概就跟女人喜歡拍食物照差不多吧？」

大城如此說明後，我好像隱約懂了。

「我認為……」徹子忽然開口，「那些員工裡面，應該有那位前輩喜歡的人。」

眾人紛紛發出「哦——」、「應該喔」等等附和聲。

我感到醍醐灌頂。

「……我完全、沒想到。」

我自言自語，高倉用莫名感傷的語氣說：

「唉，對啊，父母生病、辭職，還要回去鄉下，這簡直是……」

「這是連環攻擊吧。」

大城也用一副很懂的樣子點點頭。

換句話說，樺島前輩可能喜歡公司的某位女性，不敢告知對方心情和自己遇到的處境，最後只得將落葉堆裡唯一一片特別的葉子藏在心中，獨自黯然返鄉……在場的人似乎一致公認這悲劇情節。

可是，我有不同的看法。

「用這麼迂迴的方式拿到合照，前輩真的這樣就滿足了嗎？說不定對方也喜歡他，告白的話，願意跟他返鄉啊。前輩人那麼好。」

語畢，眾人齊聲否定「不不不，不可能」。

「怎麼想都會被拒絕。即使是交往中的情侶遇到這種事，分手的機率也很高，你前輩不可能發生奇蹟啦。森野大哥，你把婚姻看得太夢幻了。」

大城受不了似地擺擺手。離過婚的男人如此分析，我一時間還真無法反駁。

「徹子，你也這麼認為嗎？」

我消沉地尋求其他意見，徹子認真的雙眼朝我射來。

「我嗎……我不喜歡把自己的痛苦強加到別人身上，要求別人一起扛，那樣我會覺得愧疚，甚至更難受。如果喜歡對方，更應該如此。」

原本想聽聽女性立場的想法，結果徹子似乎站在河馬前輩的立場思考。

因為她的眼神過於誠摯，我稍稍移開視線思忖：是啊，徹子自己就是這種人。

「徹子大姐太帥啦！請和我交往！」

大城乘著醉意得意忘形、胡言亂語，總之我先握起拳頭，朝他那顆金色腦袋敲下去。

由於約在附近店家聚餐，結束之後，我和徹子一起回家。大城雖然力邀我續攤，還說「我知道有家店的小姐很正喔」，但我鄭重拒絕。

回程路上，我們隨口閒聊。聊彼此的工作、共同認識的朋友、哪家店倒閉了等等，諸如此類。我們擁有青梅竹馬的共同回憶，以及因為升學而錯開的全新生活。想問的事、想聊的話題明明多到數不完，我和徹子卻都不是多話的類型……而且，回程距離實在太短了。

我在應該說再見的地方抵達前先行停下。因為，我想起重要的話要對她說。

「關於剛剛的話題……」

徹子露出困惑的表情，輕輕側過頭，不明白我的「剛剛」是指哪件事。這也難怪。

「如果是我，重要的朋友扛著自己根本無法承擔的痛苦，卻因為愧疚不敢向人求助，我一定狠狠將他罵到臭頭！」

徹子覺得有趣地微笑。

「你確實會開罵。」

「沒錯，臭罵他一頓！然後，硬把一半的負擔搶過來。管他願不願意。」

就像示威「怎樣？有種來啊」。

儘管只有短短數秒，但徹子認真注視我的雙眼，害我暗自緊張了一下。

「是啊……阿護會這麼做。」

她語帶感傷，頭輕輕點了一下。

13

回到老家後，我開始頻繁參加國高中的同學聚會。我猜其他人也跟我一樣，出社會忙了一段時間，終於有空閒約見面了。這時，「熊回來囉」也成為一個聚會的好藉口。正式且盛大的同學會只辦過一次，之後大多是社團成員和班上幾個好朋友自己約出來見面喝酒。

特別是高中時的柔道社夥伴，大夥兒當時很團結，畢業後仍保持定期見面。其中當然包含根津同學。他竟然當上偵探了。

「唉，簡單來說，就是徵信社的調查員啦。各位的老婆要是出軌，歡迎來找我。我會看心情替各位打折。」他這樣危言聳聽，令已婚者和未婚者都不知該作何反應。

出社會之後，我已經不再稱呼他是根津「同學」，但心裡還是忍不住這樣叫他。如此奇妙的根津同學，趁著我們兩人獨處時，大吐苦水：

「你知道嗎？林同學結婚了。有夠失望的啦！到底是哪個混帳說『只要不放棄，夢想就會到手』？」

「林同學？……啊，徹子的朋友小惠。是喔，你們還有保持聯絡？」

我訝異反問，根津一臉不在意地說：「什麼？我們沒有聯絡啊。」

「那你怎麼知道她結婚？」

「這個嘛，反正就是這麼一回事。」

他故弄玄虛，我忍不住念道：「你濫用工作資源，對不對？拜託你，別當跟蹤狂喔。」

我姑且警告，根津賭氣地說「才不會咧」。

「那種乖巧可愛的女孩果然很快就會結婚呢！感覺只要積極一點，她們就無法招架……不過也要看人啦，我硬追也沒用。只限帥哥嗎？可惡！」

「咦？硬追？你告白啦？什麼時候？」

我一問，他突然安靜下來，和剛剛拚命抱怨的模樣判若兩人。

仔細想想，根津從國中起就暗戀林惠美。即使告白不順利仍持續喜歡她，直到她結婚嫁人，這份心情依舊不變……

嗯，真了不起。但若重新問我一遍，我會說有點恐怖。

純愛和跟蹤狂之間，只有一線之隔啊——我有感而發。大概是把內心失禮的想法表現在臉上了，根津嫌棄地皺起眉頭。

「喂，別用憐憫的眼神看我喔！你這小子真悠哉耶，這叫怡然自得嗎？明明是熊，卻好像從來不會肚子餓……啊，反正你這種人不需要主動找朋友，別人也會拚命約你，社交行程排得滿滿的！唉，人緣真好呢。看了真刺眼。反正找你的都是臭男生啦！」

因為根津偷偷挖苦，我決定在此否認。

「不，也有女孩子找我。」

「這是什麼態度？還洋洋得意咧！那你現在有女朋友嗎？」

「不，這倒沒有。雖然有機會和女生當好朋友，偶爾出去吃飯、看電影、參加活動，但從來沒有更進一步過，接著就漸漸疏遠。」

「你啊……」根津不知為何嘆了口氣，「你連對女孩子，也沒有主動找過對方，對不對？不能這麼被動啦！否則對方也會覺得沒機會，乾脆放棄。這已經不是告白不告白的問題。草食熊也該有所長進！你是熊貓嗎？」

「是這樣嗎？」

根津表情一歪，露出諷刺的笑容。

「不過，可能也表示你沒有那麼喜歡對方。」

「是嗎……？我覺得那些時光挺開心的，有時也覺得對方很可愛啊。不過，應該是我不適合談戀愛吧。我無所謂，結束這個話題吧。」

我開始嫌麻煩，想就此打住，這時根津突然跳開話題。

「平石同學呢？」

「啊？」

「她最近好嗎？」

「好像還不錯。怎麼了？」

根津看似焦急地搖晃我的肩膀。

「我是問你，有沒有意思和她交往？高中時，你說你們只是青梅竹馬，但世界上有很多青梅竹馬最後變成情侶，甚至結婚吧。」

總覺得被他暗算了。

「連想都沒想過。」

「這樣才叫不自然！」根津傻眼不已，「你們感情那麼好，現在交情也不錯，對吧？唉，我懂。你害怕隨便跨越那條界線，會破壞你們現在的關係，是吧？又不是叫你突然大聲告白，可以表現得輕鬆俐落一點，就算失敗了，也不會給對方太大的壓力……」

根津似乎喝醉了，變得很聒噪。

我也開始醉了，後來我們似乎還聊了一些有的沒的，內容我都不記得了。

之後，我和徹子因為住得近，在路上遇到彼此的機會增加了。只要碰面，我們就會自然相約去吃飯喝酒。根津雖然把我說成那樣，其實我也懂得主動邀約。不過，是因為對象是很了解彼此的徹子吧。

意外的是，徹子酒量很好。

「對了，聽說惠美結婚了？」

我提起這件事，徹子似乎很訝異我會知道。我說是根津說的，她沒有特別起疑。

「哦，」她點點頭後說，「是啊，我有去參加婚禮。惠好漂亮。」徹子嘴上這麼說，表情卻悶悶不樂。

「好姐妹結婚了，果然會寂寞嗎？」

「不不，這是值得恭喜的事，說寂寞會遭報應的。只是覺得，最近身邊好多人結婚，回過神來，大家都有老公了。小彌更是從剛認識時就是媽媽了。大概是進入這個時期吧，我好像有點焦慮。」

這段話令我相當意外。

「咦？我們還不到需要急著結婚的年紀吧？」

當時我們都是二十七歲。

「是沒錯……只是老一輩可不這麼認為，我媽也一直催。」

「好慘啊。」

我苦笑，猛然想起上次根津說的。嗯？現在的氣氛似乎……

表現得輕鬆俐落一點、嗎……？

我在腦中沙盤推演各種情境，小心翼翼地開口：

「經你一說，我也開始急了。」

「你是男生，完全不用急吧？」

「嗯，也不是這樣說……要是本身很受女生歡迎，的確還有遊戲人間的本錢。」

徹子並未反駁。「嗯……」她附和，表情很嚴肅。

我灌下杯中的啤酒，又倒了一大杯，一口氣喝下一半。然後，我縮回正要夾小菜的手，盡可能用最自然的語氣說：

「如果啊，我們到了三十歲，彼此都還沒有對象……」我在這裡猶豫了，停了一下，「到時要不要交往看看？喏，我們從小就認識，很了解彼此的個性……」

我焦急地說完，喝光剩下的啤酒。

徹子的眼睛微微睜大，但毫無驚慌，只是靜靜地說：「……聽起來，還不賴。」

當天夜裡，我在舒適的醺醉中泡了澡，用滿足的心情躺進被窩，捲起柔軟的棉被，沉沉地進入夢鄉。

14

在那之後過了一年。

這一年有兩個壞消息。

第一個消息是根津帶來的。他突然找我出來，我被他憔悴的面容嚇到。他從見面後就不說話，猛灌酒。

我有不好的預感。

「喂，發生什麼事？」

根津抬起陰沉的臉孔，說：

「林同學死了。」

「什麼？不可能吧！」

我實在過於震驚，聲音分岔。

「我也希望是騙人的。」

根津回覆的語氣非常灰暗，怎麼聽都不像謊言或惡劣的玩笑。

「怎麼死的？發生意外？還是生病？」

「我不知道。我想請你向平石打聽消息，所以找你出來。」

「啊……原來、如此。」

我趕緊打電話給徹子，她沒有接。徹子是護理師，有時在值勤，有時在休息，意外地不容易通電話。

我打電話到她家，一樣沒人接。我焦急地寫信寄出，但來不及在回家前收到她的回音。

──不，不是來不及。隔天、隔了一週，徹子都沒有回信。我打電話到她家，好不容易接通，徹子的母親接起電話，只說「唉，抱歉，那孩子好像很忙」就沒下文了。

我始終得不到徹子的回音，就這樣過了好幾個月。我知道她在躲我，心情很沮喪。在這種狀態下，我沒有勇氣直接去徹子家找人。

我告訴根津，聯絡不上徹子，他也沒有繼續追問。

接著又過了數個月，我從老媽的口中得知消息：

「對了，你聽小徹說了嗎？她要結婚了。今天平石太太告訴我的，聽說對象是了不起的社會菁英……」

之後老媽似乎還說了些什麼，我完全聽不進去。

——腦袋空白了半晌之後，我慢慢思考。

啊，原來那傢伙找到「特別的人」了。

我從來沒想過，宛如白紙平坦無比的徹子，竟然也有這一天。

徹子身上肯定發生了足以撼動自身根基的大事。我想，那傢伙此刻一定很混亂、狼狽和驚慌吧。

我擔心她突然失蹤，得知她沒事之後，雖然心頭輕了一點，但除此之外，我也很氣。這一點也不像她會做的事，對我來說也不是什麼好消息，但若這是事實，我也只能接受。

我想好好聽她說。我不會逗弄她，嬉鬧她，只想認真聽她說，然後真誠地祝福她「太好了，恭喜你」。

我知道自己辦得到。

——只是還需要一些時間。

第二章

崎嶇

Relief

1

很小的時候，我遇見了神。

我認為那個人一定是神。

地點在落日時分的車站。通往遊樂園的車站月台上全是孩童的身影。奇妙的是，那位老爺爺看見我後吃了一驚，目不轉睛地朝我緩緩走來。

他的鬍鬚又白又長，看起來上了年紀。在我的記憶裡，他穿著類似白袍的寬鬆衣服。

「哦，瞧瞧是誰來了。想不到會在這裡遇見你。」

老爺爺感動萬千地喊住我。他的聲音像細細揉過的和紙，既柔軟，又乾澀。

老爺爺站在我的面前，慢慢彎下腰，凝視我的雙眼，說：

「雖然很辛苦，但我知道你很努力喔。你真的很棒。願意和我握手嗎？」

布滿皺紋的雙手朝我伸來，我也下意識地伸手。溫暖、乾燥的手完整握住我的右手，輕輕上下晃動兩、三下，再依依不捨似地離開。

「謝謝你，小小姐。願你——」

老爺爺笑咪咪地說了一串話。後面的遣詞對兒童來說太艱澀，我聽不懂。

就在那一刻，母親尖聲喚住我的名字，我猛然回神，怯怯地走回母親身邊。母親蹲下來，對著我的耳朵悄聲說：

「回去要好好洗手喔。」

她盯著掉落在地面的糖果，眉頭緊鎖。

我感到些許忐忑，忙問母親：

「那個老爺爺，最後說了什麼呢？」

母親似乎聽見了，將老爺爺說的話重新轉述。但我依舊聽不懂，疑惑地歪歪頭，母親便用兒童也能聽懂的方式解釋給我聽：

「他的意思是，祝你長大後也能遇見好事……」母親說完似乎嘀咕了幾句，「真討厭，感覺像奇怪的宗教人士……」

這段記憶遙遠而鮮明。

現在我已長大成人，能夠想像當時老爺爺的話語。

——願你未來常樂。

約莫如此。

當時，老爺爺究竟看見什麼了？

這件事多年來懸宕在我的心頭。

每當我反覆追憶，畏懼之餘，也同時得到寬慰。接著，我開始深信那位老爺爺是神。

他確實看見了什麼。

如今，我就活在神祝福的未來。

2

我所認知的世界，是極度歪斜崎嶇的。

即使身處極其普通的日常之中，我仍時常忽然掉進洞裡，或是撞到肉眼看不見的牆壁，眼前甚至出現截然不同的風景。有時跑到陌生的地方；有時白晝突然變成黑夜；有時冒出陌生人影，模糊搖曳地站在面前；有時身邊的人突然閃現成不同的衣服。短的時候僅止一瞬間，長的時候可達十分鐘。偶爾也會遇到拖更久的情形。

當我意識到時，這些已成為日常生活的一部分，因此，我也不至於太過混亂、緊張。只要靜靜思索眼前所見的意義，一會兒之後，世界就會自動恢復原狀。

母親時常念我「徹子這孩子真愛發呆呀……」由此可知，在我從扭曲的時空返回的期間，旁人看來就是站著直發愣。也有人說我「感覺有點恐怖」。我想，這大概是因為我看起來不太正常吧。

就我記憶所及，我和母親之間總是有所隔閡。母女間彷彿被崎嶇的空間阻隔，無法貼近彼此。

我想到幾個原因，例如：我長得比較像祖母，不像外婆。我不是母親心中期望的開朗大方的孩子。我時常在發呆。說起來，我也不是母親最想要的兒子。不過最大原因，仍在於母親從我身上察覺出異樣。

聽說我從小就是第六感特別靈驗的孩子。

我如果突然喊著「奶奶、奶奶」，幾天後祖母必定「剛好來附近辦事」，順道來訪。還有一次我沒頭沒腦反覆喊著「熊熊，抱抱。熊熊，抱抱」，母親應道「這樣啊，徹子想要熊熊抱嗎？」到了週末，我們剛好去遊樂園玩，穿熊布偶裝的工作人員給了我大大的擁抱，讓我開心得又叫又跳。除此之外，我也常在拆開聖誕禮物前猜到裡面是什麼。

聽說類似的情形多到數不完。

不用說，母親認為一切純屬偶然。只是，當許多偶然如落葉飄落，逐漸堆積成小山時，母親終於開始起疑。

某天，我又說了：

「太好了，要生男寶寶了。」

當時，母親正因第二胎不孕所苦。聽說祖母——母親的婆婆逼她一定要添男丁，這樣才有長孫繼承喪事禮俗，才能延續家族香火。

除了長輩壓力，生兒子也是母親長年以來的夢想；甚至準備了「徹」這個男生名字，引頸期盼第一胎誕生，並將意外生下的女兒——也就是我，直接命名為徹子。母親不曾對我埋怨，但我完全可以想像她當時有多麼失望。

因此，第六感很靈的我一說「要生男寶寶」，母親馬上手舞足蹈，宛如抽中上上籤，心中重燃希望。

但別說同一年，下一年甚至下下一年，母親都沒有懷孕。

「當年因為期待過度，真的很失望呢。」

這點母親倒是毫不隱瞞地告訴我……說了不止一次，每當想到就會提起，每每令我內疚不已。

我無法一一詳記當年的細節，卻也不曾懷疑母親的說法。如今更加肯定，這些真的不是一連串的偶然造成。

我的確擁有預知未來的能力。

說出來很像荒誕無稽的童話故事，我自己也感到可恥。然而，這股力量始終理所當然似地陪伴著我。在我察覺其他人沒有這項能力之前，一直以為它就像普通的感官能力，是很正常的現象。

古往今來，不乏稱作預言者、先知、千里眼的人物，這些人有時也會成為有權有勢的女巫或神官。即便現在，世上也有許多據說很靈驗的算命師。當然，我相信其中有更多是冒牌貨、詐騙集團或投機分子。事實上，從古至今應該有許多自稱有預知能力、通靈能力的算命師，利用某種機關手法或是和同夥套招來行騙。

不過，若要說那些自稱能預見未來的傢伙全是騙子，未免太過武斷。儘管有些例子目前無法用科學解釋，但我相信總有一天能獲得證實。

用直接一點的方式來比喻，就算鎖定特定一群人，其中必定有人極端偏離平均值。有些人能從光和顏色辨識出一般人看不見的波長，有些人能聽見一般人聽不見的音頻，這些人確實存在。

我的能力大概也是這一類的延伸吧。第六感強的人很多，而我或許就是其中極端的例子。

人類的潛能至今尚未全數解開，真希望未來能有腦袋聰明的人出來解釋。只要知道為何會看見未來、了解其中的原理，也許就能控制這股力量，不會一不小心，失去重要的東西。

無論如何，我看見的未來必然會實現。這是難以動搖的事實。母親心心念念的男孩，也在我「預知」的三年後誕生。

站在母親的立場，過了這麼久才實現，當然只當它是普通的巧合。這很正常。如果找人算命，算命師言明「命中註定的人要出現了」，結果當事人左等右等，非但當年之內等不到，第二年、第三年也毫無跡象，任誰都會心想「那個算命師一點也不準！」即使下一年終於遇到好姻緣，也無法扭轉受騙的想法。

預知未來有保存期限。

但也不是立刻兌現就好。還記得我剛懂事時發生了一件事。當時，在我說完「小心不要切到手指喔」的當天之內，母親就被菜刀割傷手指。

「都怪徹子烏鴉嘴。」母親遷怒於我。

換句話說，因為我多嘴，造成母親切菜時過度神經質，不小心切到手。如此一來，會變成「雞生蛋還是蛋生雞」的無解問題。

同樣的經驗累積幾次之後，我從小學會了重要的道理——不可輕易說出「那種時候」看見、聽見的情報。人雖然對未來感到好奇，但沒有人想聽見壞消息。倘若壞消息不幸實現，會直接遷怒到我身上。

即便都是好消息，只要沒有立刻實現，都可能引發失望。過度期待和過度渴求，都可能演變成不信任和失望。提前告知好消息，等於把山珍海味端到對方的面前，當喊「可以開動了」之時，飯菜也涼了。

把看見的未來說出口，只會造成別人的不舒服，並且讓自己尷尬。對別人、對自己都不是好事。

多虧母親，我提早察覺自己「比較特殊」。此外，我也從母親的反應學習到自己必須裝得像個正常人，即使面對父母也不例外。

突然得知自己的未來，任誰都會手足無措。更別提我看見的都是一些無足輕重的事。這些景象沒有意義，不需要特別去做什麼。這是我在幼兒年紀就有的體悟。

但是在上小學那一年，發生了變數。

當時，我躺在家中的沙發上打盹，所以也許是做夢吧。總而言之，我拚命祈禱自己只是做了惡夢，因為那個未來實在太令我害怕了。

我夢見正午時分的上學路。夢裡的我正朝自家方向前進，所以應該是放學。書包上掛著幾個束口袋，隨步伐搖晃。其中一袋裝體操服，一袋裝營養午餐供餐員的衣服。由此可知，時間發生在我輪值當週的星期五。

走到一半，我突然受到強烈撞擊，飛了出去。

我沒有時間思考發生什麼事。世界倒轉過來，在我掉落水泥地前，和車子裡的人對上眼。司機的眼睛和嘴張大至極限，表情寫滿恐懼。

——接著是空無一物的世界。不是漆黑，不是空白，也不是透明。只有空蕩蕩的「無」。無以名狀的恐怖虛無。

回過神來，我因為恐懼而哭個不停。

我似乎被汽車撞到，受了重傷。似乎飽受巨大疼痛折磨。也許會死。

人死之後，究竟會怎麼樣呢？會前往恐怖的地獄嗎？還是獨自待在虛無之中，萬劫不覆呢？

越是想像，我越是害怕得不得了。

隔天起，我再也不敢走那條路上下學了。集體放學的規定雖然早已廢除，但學校嚴禁學生抄小路。違反規定需要莫大的勇氣，但恐懼戰勝了一切。

接著來到星期五。這週由我負責分裝營養午餐，書包因而掛上三個束口袋。心臟彷彿呼應袋子的搖擺，怦怦狂跳，每每聽見汽車聲都心頭一驚，每每彎過轉角都害怕到喘不過氣。

好不容易平安無事回到家，我已嚇出一身冷汗。還不到鬆懈的時候。暑假雖然即將來臨，但也許車禍發生在第二學期，也可能是下一個星期五。

面對不知何時才會到來的未來，我究竟要逃多久呢？

當我感到窮途末路的某天傍晚，一通電話打來家裡。母親正經地談了一陣子，掛斷電話，回頭告訴我：

「聽我說，今天阿護在放學回家的路上被車撞了。」

我嚇到停止呼吸，急忙詢問詳情。

沒錯，車禍發生在我看到的地點。

心臟疼痛地狂跳，震撼的消息令我反胃。

怎麼會這樣？怎麼會這樣？怎麼會這樣……

我太差勁、太糟糕了，一心只想著救自己，結果害別人……

——害阿護代替我被車撞了。

3

森野護和我是從出生就認識的青梅竹馬。我們兩家是好鄰居，加上小朋友的出生倒數月齡相近，聽說兩位媽媽一下子就成了好朋友。我依稀記得母親常對森野阿姨說：「好羨慕你生男生……」森野阿姨總是開朗回應：「討厭，男孩子很吵喔。哪像女孩子，多麼乖巧可愛啊，我才羨慕你呢！」會誇獎我可愛的，大概也只有森野阿姨了。

我們兒時親如手足，成天玩在一塊兒；但隨年紀增長，我們各自交到了同性朋友，漸漸地不常說話了。阿護個性活潑開朗，又很穩重貼心，身邊總是圍繞著男性朋友。他不只體格高大，運動神經也出類拔萃，所有體育成績都很好。

那是即將上小學前發生的事情。

母親去做定期產檢，將我託在阿護家。在上幼兒園以前，我們兩家常這樣彼此照應。

森野家的電視機在播棒球比賽，阿護看得目不轉睛。

「好強！太帥啦！」還記得他興奮的模樣，連我也感染了愉快的心情，點頭說「是啊」。然後，阿護露出神祕的表情，卻用大聲宣示的方式說：

「等我上小學，要打棒球！」

在阿護激動宣示的瞬間，我進入了未來世界。這次有別於以往，如同水面跳躍的小石子，咚咚咚咚地……數個畫面飛過眼前。

上小學後，和高年級生共同出賽棒球的阿護。當所有人都不想當捕手，率先站出來擔任捕手的阿護。上國中後，站在大會晉級隊伍中的阿護。還有蹲在現在電視機轉播的場地，接住投手球的阿護……那個強大又帥氣的阿護。

「我一定能打入甲子園！」

阿護熱血高呼，我因此回神，朝他用力點點頭。

「嗯，會的。你會打入甲子園。阿護好厲害、好帥氣。我一定會去幫你加油。」

我受到阿護的高昂心情影響，語氣難掩雀躍。阿護似乎非常開心，笑得臉皺成一團。

阿護真的好厲害。在那麼大的比賽登上電視，好多人替他加油。他真的實現夢想了。

和我一樣，小小年紀就朝未來跨出第一步……

身為阿護第一個朋友，我打從心底開心驕傲。

車禍發生在同一年，當時即將放暑假。

家中接到森野阿姨的電話，請母親代寫聯絡簿。聽說傷勢不重，但我實在坐立難安。

所以，母親一告訴我這個消息，我馬上喊「我去阿護家看看」，奪門而出。天色微暗，不是小朋友該出門的時間，但母親忙於照顧弟弟，抽不開身。

「去也沒用，他們家應該沒人！」母親在背後喊道，我不聽勸，飛奔而出。

那只是我對母親的說詞，我真正要去的地方和阿護家反方向。

阿護住的市民醫院搭車只要十分鐘。這一年，弟弟徹剛誕生，我和父親去醫院看過寶寶，知道位置。只要努力一點，憑小孩子的腳程，並非到不了。

我抱著焦急想哭的心情，在逐漸變暗的住宅區狂奔。

喘不過氣了，胸口好痛。自己的呼吸聲、心跳聲、鼻涕聲、摩擦路面的運動鞋聲……種種聲音迴盪在身體裡，伴隨各式各樣的光景，一一浮現又消失。

彷彿打水漂，一不留神，小石子已然溜遠。上一秒近在眼前，下一秒前進了一些；回過神來，已經溜到遠方。

醫院大門、電梯、阿護住的病房……一路上，我奇蹟似地沒受到阻攔，抵達目的地。

那是不久後的未來。

離醫院越近，未來也和奮力奔馳的我一同加速轉動。

未來的畫面一個接一個閃現，就像快速翻過日曆。

聽說阿護傷勢不重。阿姨沒說錯，在不久後的將來，阿護一樣朝氣蓬勃。石膏拆掉後經歷了復健，能走路了……但是再過一陣子，狀況惡化。眼前的阿護雖然想跑步，卻又立刻停下，最後連走路都顯得困難，只能皺眉拖著腳步。一年後，阿護接受開刀治療，花了比預定更長的時間才完全復原，期間經歷了對兒童來說相當痛苦的復健期。儘管恢復到能正常走路，醫生卻警告他不宜從事劇烈運動。每當阿護認為稍微跑一下應該無妨，認真跑沒幾步就會疼痛。

阿護上小學最寶貴的頭幾年，就在復健與復發中度過，比預定晚了好幾年才加入少棒隊。禁止運動的空白期太長，使他再怎麼努力也追不上提早開始練球的孩子。因為一場無奈的車禍，阿護無法發揮原有實力，小學時代無疾而終……眼前跳出這樣的未來。

我撕心裂肺地踏入預知到的病房號碼。阿護躺在白色病床上，平時帶著笑意的臉龐微微發青，眼睛和嘴巴緊緊閉著，右腳打上石膏，看起來相當疼。

阿護比誰跑得都快的腳，那雙踢擊力令高年級生甘拜下風，能夠將球遠遠踢飛的腳……

是我摧毀了阿護原本手到擒來的夢想。是我摔碎了阿護耀眼奪目的未來。

直到很久以後，我仍因當年造成無法挽回的後果而難過落淚。

對不起、對不起、對不起……再多的道歉也於事無補。

我覺得自己欠阿護一個無法償還的人生。連接下來該如何補償都不清楚。

在身心面臨崩潰之際，一個決心支撐了我。

——我要用盡一生，背負起這份罪與絕望，把阿護耀眼的未來——即使不是本來的未來，也要用別種形式找回來。

這不是預知。是我堅定無比的意志、我的補償，也是我必須達成的責任義務。

4

——未來會產生變化。

我從這個慘痛教訓學到經驗。

這個發現令我驚恐萬分。

在此之前，我偶爾會看到母親或朋友受點小傷，卻什麼也沒做，回想起來，不禁感到自責。我對於自己明知道會發生什麼事，卻沒有事先預防而內疚。

可是……

好像可以多做什麼，似乎給人帶來希望。如果可以迴避災難當然很好。

事實上，我真正感受到的只有恐懼而已。因為不小心看見未來而做出的任何回應，都可能牽動某人的命運……就像我對阿護所做的。

我突然不知該怎麼面對，更不明白具體上如何才能補償阿護。

我恨不得閉上雙眼就能擋住預知畫面。我什麼也不想知道。

然而，未來如同聲音和氣味，總是自然而然流入腦海，我無從抵抗。

唯有一件事，我下定決心。

——下次，若預知到災難即將降臨在我身上……

我要心甘情願地接受它，不讓同樣的悲劇再度上演。

我心意已決，對天發誓。我認為，當初遇到車禍的人如果是我，恐怕早已丟了性命。阿護能夠獲救，是因為身強體壯，還有優秀的反射神經。遲鈍如我，恐怕會頭部著地，結束短暫的一生。

所以，現在這條命是撿回來的。我不應該過度自私，一心只想維護自己的性命安全。不論遇到什麼狀況都不可以逃避……我如此告訴自己。

這固然是相當悲愴的決定，但實際上類似事件不再發生。

我順利長大，行動範圍越來越廣，看見更多涉及其他層面的未來，情況也更加嚴峻。

我希望災厄衝著我來，對此滿懷覺悟。但若發生在別人身上呢？

明知某人即將遭遇不幸，要我視而不見，良心上實在過不去。但回到同樣的問題，我害怕不慎改變未來。

於是，我只能眼睜睜地看著同學受些小傷、玩過頭被老師罵、弄壞或是弄丟重要的東西……一切全在預料之中。

我在心中向他們及她們道歉，滿心愧疚、無所作為地度過每一天。幸好這些災難都不是太嚴重，還在我的忍受範圍。

但是，小學四年級時，我目睹了可怕的未來。

數名小學男生在附近河川溺水。

放學路上有一顆閃亮如新的足球順著河水漂來。球在河水潺湲的位置載浮載沉，彷彿在呼喚他們。他們立刻丟下書包，跑去撿球。

這些男生隨手撿起棍子，伸長手臂，差一點點就要搆著足球時，足球滑開了。就在大夥兒七嘴八舌地說「快要成功」時，其中一人掉入河裡。那裡的水位意外地深，這位同學猛然喝下好幾口水，眼看就要滅頂，另一個同學想救人卻不慎落水。先掉下去的同學拚死抓住後面掉下去的同學，最後兩人雙雙沉入水底……我看到這樣的畫面。

我不清楚兩人最後有沒有獲救，只知道溺水的男同學全是班上的熟面孔。這兩人的確不會游泳。現代的孩子會不會游泳，取決於有沒有報名游泳班，因此通常不是很會游，就是旱鴨子。

——放任不管，他們很可能會溺死。

那不是等同於我殺的嗎？

沒有時間煩惱了。隔天早晨，那些男生穿著記憶中的衣服來上課。如果只有一人也許是巧合，但四人全穿著預知中的便服。我肯定了意外會在當日發生。

怎麼辦、怎麼辦、怎麼辦……？

當天的授課內容我完全聽不進去，一心只想著該如何救他們。然後我察覺到，或許只要稍微錯開時間就行了。找個方法絆住他們，球就會順著河水漂走。即使在下游被發現，至少已經遠離深水區。

明知會發生悲劇卻見死不救的恐懼，戰勝了害怕未來改變的恐懼。

問題是，那些男生在班上特別活潑吵鬧，由一個文靜、不起眼的女生好心警告「不要去河邊玩」，我不認為他們會乖乖聽話。不，就算老師特別警告，他們也是興致一來就會去做的類型。他們個個是飛毛腿，甩開我輕而易舉。

我用小朋友的方式絞盡腦汁，最後設法拖長了放學前的班會時間。當時，我正好擔任圖書股長，以股長身分提出臨時動議「可否將漫畫列入班級圖書」。

現況當然禁止。遊戲相關書籍也是。學校歡迎同學從家裡帶書來捐，但必須經過老師審查。我提議適度放寬部分規定。

班上隨即爆出歡呼，不過也有認真派的同學說「和課業無關的書不應該放」。

反駁的聲音也立刻出現，「照你這樣說，故事書也和課業無關啊」。如我所料，雙方展開唇槍舌戰。當說話具有威望的同學意見一致，我又馬上站起來駁斥找碴。就在同學開始不耐煩時，導師一聲令下「老師認為，漫畫還是不該列入班級圖書喔」，結束了漫長的班會時間。

四人組宛如壓扁的彈簧突然被放開，彈出教室。我一顆心七上八下，目送他們離開。

時間拖延得夠久嗎？已經沒事了嗎？我恨不得立刻確認新的未來，但這項能力可沒有方便到能說看就看。

隔天早上去學校，一看見本來應該掉進河裡的其中一人出現，我打從心底鬆了一口氣，隨後也看見全員平安無事地現身。不僅如此，我最擔心的「害其他人溺斃」的可怕新聞也沒發生。

未來真的往好的方向改變了。

捱過了數日的膽顫心驚，我才敢下結論。

我應該為此高興嗎？因為，這股奇怪的力量終於派上用場，救了別人。

事實上我當然很高興。從小到大，我因為這股力量令母親失望，甚至連累了重要的朋友，想來想去從沒發生過好事情。

與此同時，我的人生也背負起沉重的使命。

高收入者必須負擔較重的稅金；同樣地，擁有特殊能力的我也有應盡的義務。即便這項義務十分困難，實在划不來。

既然看見了，就該付出行動。但若行動過於草率、做了錯誤的選擇，反而會釀成大禍。

這股壓力非比尋常。

我已決定，不再為拯救自己而做些什麼。不知是幸或不幸，與我有關的重大事件，在那之後不曾發生。但我時常看見身邊的人遭遇不幸。

隨著成長，我的「預知能力」逐漸強大，漸漸能知道準確的發生時間。儘管有時無法看得完整，我也能深思其中的意義，自行補足缺少的部分，預知能力變得神準無比。

只是關於如何應對，我始終沒有太大的進步。

舉例來說，有一回我看見穿紫色衣服的陌生老太太受重傷。她在固定回診的醫院停車場被突然衝進來的車子撞上，夾在車子與醫院的外牆之間。

我的做法是在離醫院還很遠的路上突然抱住她，妨礙她前進。鬧了一陣子之後，再拚命向瞠目結舌的老太太道歉「對不起，我認錯人了」，但無論當事者還是路上行人，全用訝異不已的眼神望著我，害我羞愧得臉頰像著火似的。

事後回想起來，應該還有更多聰明的方法才對。但事出突然，時間所剩無幾，逼得我只能使出各種強硬、不自然的手段。

我自己都想抱頭哀號了，看在當事人和第三者眼裡，一定只覺得「這個人腦袋有問題」。

當時班上有個非常可愛的小女生，我和她不是特別熟，所以鼓起好大的勇氣才猛然握住她的手。我拉著她，急急忙忙走了一段路，應該完全被當成怪人了。不只如此，她甚至當面對我說：

「喂喂喂，幹麼？你好奇怪……」

可是，我總不能告訴她：

「你被沿街開車物色可愛女生的壞男人盯上了。」

其實大可以自然地叫住她，隨便找話題閒聊拖時間……可惜我太笨，不機靈。再說，也不健談。

所以，每次為了避開災難發生的時間點，我都只能用極度不自然的方式纏住當事者。我自己也覺得慚愧，從班會事件以來完全沒進步。

想必周遭的人全把我當成怪胎了。

事實上，母親也時常念我：

「徹子真是個怪孩子。」

在最近的距離目睹我「怪異言行」的人就是母親。

母親為了照顧跟我年齡差距甚大的弟弟，忙得分身乏術。有時她會請我幫忙看顧，但聽說我不是在發呆冥想，就是在做奇怪的事情。

「徹子這孩子，真是不機靈，一定要等媽媽主動拜託才會幫忙嗎……」母親曾傻眼抱怨，我聽了既慚愧又丟臉，恨不得找個地洞鑽進去。

「別人家的長女都很機靈可靠，不過，畢竟徹子當獨生女的時間比較長嘛……」

母親雖然向我道歉、替我說話，但我可以明顯察覺——

母親很遺憾有我這個孩子，甚至覺得我有點可怕。我的形象已經無法扭轉，班上同學也當我是怪胎，我曾多次耳聞別人嘲笑我很奇怪。

要是看不見未來，該有多好。

這個想法出現過不下千百次，但我總會立刻打消念頭。

不該推諉塞責。是的，我的確不像弟弟阿徹那樣可愛，不懂得撒嬌，不是天真無邪的小孩，不像同年齡的女生打扮得漂漂亮亮。她們宛如亮晶晶的糖果，甜蜜又楚楚可憐。若說她們是光，我就是影子。如果前方是高聳耀眼的雪山，我這邊就是陰暗潮溼的峽谷。只要有我在，那個地方就會變得歪斜崎嶇。不論是誰因為突然出現的高低差而絆到腳，都會感到煩躁吧。

這是我的個人特質，和與生俱來的特殊能力是不同的兩件事。

好多人因為我的能力而得救。因此，否定這項能力，等於無視那些人的悲慘遭遇和性命，也是在全盤否定自己努力至今的價值。

換句話說，這是天賜之才。也是本身毫無優點的我唯一被賦予的助人之力……

我總是如此鼓勵自己，回過神來，已經被這份力量束縛了，甚至感到快要窒息。

比方說，有次異性對我示好，我無法回應卻也無法拒絕。坦白說，那已經構成騷擾，我卻不敢老實說出自己的感受……因為我知道，若是拒絕，將演變成自殺未遂的大騷動。

結果，我變得無法明確拒絕別人。

因為能稍微預知未來，我的選項逐漸減少，也對人生重大場合造成劇烈影響。

考高中的時期，母親希望我念慶櫻女高。我的成績足以挑戰這所學校，因此非常專心念書，也在模擬考取得A判定。但隨著大考日逼近，我看見了未來。時間距離當時非常遙遠，是我大學畢業以後的事。

「都怪徹子大學以前都讀私立學校，學費花太快，現在阿徹的學費不夠用了。」

我清楚看見母親一邊嘆氣，一邊抱怨。

怎麼會這樣？

因為我的關係，害得弟弟無法讀想讀的學校，這樣子哪裡好？

最後，我選擇讀公立學校。母親雖然大失所望，但考慮到將來，這才是最明智的決定。只要接下來也讀公立大學，學費問題就能迎刃而解。

無法把真相告訴母親，我也感到萬分煎熬。

不只母親，因為無法明說「我自有考量，所以不用擔心」，我對青梅竹馬阿護更是感到焦急愧疚。

阿護上國中後雖然加入柔道社，但是舊傷復發，依舊無法發揮實力。此外，我不小心看見他的未來無數次，每次都會陷入沮喪。無論在哪一個未來，阿護都和現在一樣，正直努力，腳踏實地，說起來沒什麼不好，只是和原本垂手可得的閃亮未來相去甚遠。通往那條未來的路，已經完全消失了。

當然，阿護並不知道是我搞砸的，也不知道我有義務補償。非但如此，他還時常反過來幫助我……明明應該幫助他的人是我才對。我們的立場完全顛倒了。阿護不曉得這樣並不合理，也不明白我的顧慮。他無法知道。阿護很照顧我這個青梅竹馬，這出自他的善良。從前，他發現我在女生團體格格不入，非常熱心地給了許多建議。我覺得既可恥又抱歉，只能如坐針氈，無法原諒自己的沒用。

不過，儘管我很沒用，也幫過阿護一次忙。

我看見一個未來，阿護在趕往高中考場的路上遇到麻煩，趕不上考試時間。為了幫助在雪地滑倒的老婆婆而遲到，真的很像他的作風。

我修改了這個未來。

這對我而言只是舉手之勞。而且，我認為這次表現不錯，也很自然。我事先算好時間，成功和阿護接棒，幫助老婆婆。

只是，後來被阿護發現當天也是慶櫻女高的應考日，增添無謂的擔憂。阿護比任何人都要善良，很擔心我的狀況，覺得自己也有責任。

我其實沒事，他根本不需要為此感到愧疚。

每次和阿護說話，我都不知道該擺出什麼表情。雖然先嘗試傻笑，但總是做得不好。我很沒用，又很笨拙，連笑容都做不好。

和阿護說話時，心中的小石子常常跳回過去，而不是未來。教室、河岸、家附近。阿護的笑容、滑稽的表情、擔憂的臉孔。還有意外發生那一天，阿護緊閉雙眼沉睡的面容。

失去的未來，以及現在的阿護。小石子在水面連續跳躍，最後嘩啦一聲，沉入某個地方。

——沉入兒時遇到神的日子。

為什麼呢？他和阿護應該沒關聯啊。

那個人真的是神嗎？還是和我一樣，能預知未來？他看見了我的未來嗎？還是我的本質呢？

是什麼都無所謂。只要知道有人認可我、稱讚我很棒……對我就是莫大的鼓舞。

我把這個回憶小心地珍藏在心中的寶箱……

想必阿護在我心裡，也位在同一個美麗的角落。

5

國中的時候，我看見了重要之人死去的未來。那個人不是家人，不是親戚，也不是朋友；我甚至還沒見過對方。然而，在我目擊的一瞬間，衝擊之大，彷彿突然被人推入萬丈深淵。眼前一片黑暗，身心受到摧折。

撕心裂肺的傷痛，讓我在上數學課時，眼淚一顆接一顆掉下來。

我們上高中以後才認識。

打從見面第一眼，我就認出「啊，是她」。

我從小就不擅長主動交朋友。我不厭惡人類，嚴格說來算是喜歡。我常常覺得別人很有魅力、很了不起、值得敬佩，但這和主動接近是兩回事。這種感覺很類似雖然喜歡富士山，對它懷有憧憬，但是並不會想去爬富士山吧。沒體力、太累、沒自信爬完全程、懼高、害怕發生意外……這些擔憂可直接套用在人際關係。

和人打交道總令我相當緊繃，最後累得不成人形。這和我的預知能力有關。我害怕別人與我深交之後，發現我很奇怪，開始受不了或者不舒服，終至對我發脾氣。我太在意這些事，導致無法放鬆。

換句話說，我非常懦弱。我也討厭這樣的自己。

她是我打從出生以來，第一次主動攀談的朋友。因為我知道，未來我們會是莫逆之交，所以才跨出這一步，否則我應該提不起勇氣。我認為這都是託預知能力的福，沒有這股力量，我恐怕早就去讀其他學校，如此一來，我們也不會相遇。

但提到因果關係，我總是越想越混亂。因為，我是直到赴考前才臨時決定不讀慶櫻女高；在數學課目睹悲傷的未來而落淚的那一天則是更早以前的事。不僅如此，在那之後，我還看見了考上慶櫻女高的未來，由此可見，在我猶豫「要不要遲到」之前，我不會落榜。

究竟是未來向來飄渺無常？還是當我「決定改變」那一刻才會發生變化？或者，有一種未來建立在我反覆改變之下？

倘若如此，我所做的一切究竟代表什麼呢？總覺得我的選擇和行動，被這股預知能力操控了。

沒有人會明知失敗仍要上路。若能提前知道哪條路並不好走，誰都會選擇避開。

我只能眼睜睜地看著選項減少，戰戰兢兢地走上狹窄的路。前方有什麼在等著我呢？當時，我只看見我生平交到的第一個摯友，年紀輕輕便去世的慘痛未來。

如果這是某個人設計好的，未免太殘酷了……即便對方是神。

無論如何，從今以後，我腦中深深記下的使命有二：

一是補償青梅竹馬，二是拯救摯友。

她的名字叫做林惠美。

我們相遇在前往開學典禮的路上。當時，我聽見後方傳來說話聲，提到「惠美」這個名字，不禁回頭，發現是她，旁邊跟著看來非常慈祥的母親。

在我預知到的未來，我不小心盯著對方，做出失禮的行為。這是我的壞習慣。可想而知，大部分人都面露不悅，這是自然反應。

只有惠不一樣。眼神對上的瞬間，她露出白牙嫣然一笑。旁邊的母親晚了她一點點，也對我綻放神似的笑容。

我們都是新生，彼此輕輕點頭問候，並肩走入校門，然後發現我們同班。她姓林我姓平石，拼音都是H開頭，座號只差一號，分別坐在彼此的前後座位。

彷彿一切都是安排好的……按照某人的期望。

我們一下子變成無話不談的知己。至今我從沒想過，自己能交到好朋友，因此既高興又靦腆，整個人輕飄飄的，心頭怦怦跳。

我們很快便暱稱彼此為「惠」和「徹子」。沒有人能像她一樣，把我正經嚴肅的名字念得如此柔和溫暖。

惠很可愛，她是我見過最可愛的女生，如同想像中的女孩。我稱讚她書包上掛的小熊布偶很可愛，才知道是她親手縫的。幾天後，她竟然做了一隻一模一樣的送給我。除此之外，也常常分我吃母親烤的餅乾。惠不只家事賢慧，心思也很細膩，能注意到一些小細節，讓我很感動。每當我因為看到無法言說的未來而消沉，她總能敏感地察覺我不對勁，在上課時傳小紙條為我打氣。她用的便條紙品味很好，設計精美，我完全捨不得丟掉。這些紙條和小熊布偶，是我最珍貴的寶物。

惠不只外型可愛，還有一顆美麗的心，每次接觸到她的善良，都令我恍然大悟：原來這就是女孩的溫柔。母親時常抱怨「真是的，徹子一點也不像女孩子」，看到惠和我的驚人差距後，我總算明白差別了。她的優點全是我欠缺的。我凹陷的部分被她的優點填平，精神因而獲得安定。只要和惠在一起，我就能忘記自己凹凸不平。

只要惠一個微笑，就能令我心情飛揚。如果誇獎她，她就會加倍讚美我，令我措手不及。原來這就是女生的友誼，在在令我訝異，感覺更像聽說的「戀愛」。

她和國中班上那些女生不一樣，從不拜託我做事。真要說起來，反倒是她比較常幫助我，令我手足無措。她總是笑著說「徹子開心我就開心」，這點和青梅竹馬阿護很相似。上高中後，我和阿護在同一站上下學，偶爾會遇到彼此。他的未來不再產生顯著的變化。儘管無法戴捕手面罩踏上甲子園，但就我所見，他的未來一帆風順，如同他的人品——開朗、穩重、溫暖。

同時，與惠相處的時間越長，未來的輪廓也越發清晰。

首先，我明白她的死因了。自殺。

我當然大受打擊。惠很開朗，待人處事也很圓融，遠比嬌小柔弱的外型堅強可靠。我完全無法理解這麼好的女孩子，究竟遇到什麼事才會尋死？

我被不小心看見的未來擊沉，陷入絕望的谷底，花了一些時間才浮上水面。沒錯，惠的未來哀傷到令人難以承受……但至少不是最壞。考慮到其他年輕女性可能的死因，自殺還有商討空間……我的意思是，有可能迴避。

如果惠死於絕症，我就無能為力了。如果死於意外，我擔憂擅自出手會牽連無辜。連累阿護是我內心最深的陰影。

還有其他我不敢想像的假設。倘若惠遇到跟蹤狂或搶匪行凶，我也不知該如何保護她。拖得了一時，拖不了一世。最慘的情形，可能傷及無辜。就算突襲未來的凶手，我也打不贏對方，恐怕只會徒增死傷。就算成功替惠擋下那一刀，也不能保證惠就會獲救。

反過來說，如果將惠逼入死地的人，是她自己呢？

只要我用心傾聽她的心聲，找出問題癥結和原因，或許就能改變未來。我知道這件事行來不易，但既然我們是知心好友，我應該有機會拯救她。不，不是「有機會」。我一定要做到。

惠很自然地邀我去她家玩，我明知厚臉皮，仍開心上門作客。見到她的家人，有助於我從不同角度透視未來，能夠幫助我找出拯救惠的線索。我如此盤算。

隨著我二訪、三訪，也成功從她母親的視角看見難過的未來，不禁心情低落。白髮人送黑髮人多麼令人心碎，更別提如此優秀的女兒，竟然會自殺。

阿姨痛不欲生的模樣，也是未來我的模樣。儘管這個未來尚未成立，依舊令我極為痛苦。

但我不能一蹶不振。為了阻止最壞的情形發生，我得盡力做好當下我能做的。現在打下的基石，也許會在未來發揮作用。

林家宅邸是驚人的豪宅，從急行列車停靠的車站下車，走七、八分鐘的距離，會看到一整個用時髦圍牆圍住的區域，聽說裡面全是林家的土地。我也是後來才得知，惠家是當地有名的大地主。

圍牆中可見美侖美奐的日式建築、具摩登時尚感的新式住宅，以及足以停放五、六台車的大型車庫。日式建築裡住著惠的外婆，惠一家則住在新屋。這就是所謂的「三代同鄰」吧，實在不是庶民能想像的世界，我無論來幾次都無法習慣。

忘記在第幾次，惠介紹父親給我認識，他是一位惜字如金、也很溫柔的父親。我再次感慨，惠的善良及高雅，正是承襲自她的父母。

接下來，我首次受邀進入主屋。惠的外婆身子硬朗，我向她請安，她便笑吟吟地對我細說林家歷史，我也是在這時知道他們是附近有名的地主。

遺憾的是，當時的對話，我的記憶到一半就中斷了。

因為，我不小心看見這位外婆的未來。

她凹陷的雙眼怒火燃燒，咬牙切齒地說：

「——哪怕當時惠美哭著求我，我也不該答應他們結婚！那孩子是被那個男人害死的！我的第一印象果然沒錯。我就知道那個男人——」

她如惡鬼一般憤恨地說著，難以想像和眼前這位慈祥的老太太是同一人。

「——他是惡魔！」

6

在此之前，我從來不積極確認未來。一來是我無法控制，二來是如果可以選擇，我並不想看。

唯有這一次，我盡力蒐集情報。

我的能力不如想像中方便，此外也並非萬能。兒時不小心看見尚未認識的好友的未來時，就是這種情形，遇上陌生的臉孔，所見的畫面都很曖昧模糊。因為我剛好看見自己呼喚惠名字的未來畫面，所以知道她的名字叫做「惠美」。但多數時候，我連自己看見的是誰、長什麼樣子都不清楚。所以，我只能盡量接觸可能與未來關鍵事件相關的人，靜待目睹未來的一瞬間。

我很幸運，自從看見惠的外婆震怒的未來，好像開啟了某種開關，我接二連三從惠的家人和本人身上得知關於「惡魔」的情報。話雖如此，也只看到一些表面的訊息而已。

他們在大學認識。

惠很早便告訴我「正在和一個很棒的人交往」，但是過了很久才正式介紹給我認識……

未來的畫面不斷跳躍，我反覆嘗試錯誤，因為太想救惠，反而招致失敗結局。

「那個人不是什麼好東西，我勸你和他分手。」我看見自己說出重話，使惠傷心哭泣，連帶破壞了我們的感情……

此外還有我忍住不說，眼睜睜地看著惠被惡魔男擺佈玩弄，卻仍哭著對我說「我愛他」，辛苦地和他在一起，最終導致悲傷結局的未來。

等他們認識，一切就為時已晚。不論怎麼阻止，惠都會愛上那個男人。而且，我比誰都了解惠的死心塌地。

苦思許久，我想到一個妙計。

真是的，原來這麼簡單。

只要讓惠在認識惡魔男之前，先遇到更棒的對象就好了。

找一位穩重、體貼、老實的男生。無論發生任何事，都不會踐踏別人的好意、隨便考驗別人、輕視別人的那種人。

我所知最棒的女孩子，與我所知最有男子氣概的男孩子。只要他們相遇，一定能吸引彼此。雙方互相尊重體諒，構築理想的伴侶關係。無論做為情侶、做為夫妻，還是做為父母，兩人一定能發揮魅力，成為最棒的搭檔，組織一個幸福的家庭……

如果是他們，一定能順利白頭偕老。不管遇到任何阻礙，都能正直地面對彼此，開朗溫柔地在老後相互扶持，用布滿皺紋的臉對彼此微笑，成為人人稱羨的老夫老妻吧。

儘管目前還看不到這樣的未來……

但我相信只要他們相遇，一定會順利。

想出這麼棒的點子之後，我興奮不已。如此一來，我就能補償阿護，同時也能拯救好友。

長年以來的煩惱，終於出現一線曙光。

這麼做能讓所有人獲得幸福。

我發自內心為這股預感而欣喜——同時伴隨胸口底層傳來的微微痛楚。

我以為計畫會順利進行。

英雄瀟灑現身通學車廂，拯救受到卑劣色狼騷擾的公主……我以為這種情境能幫助他們一見鍾情。

我知道惠即將遇到電車色狼，之後很長一段時間深受其害。即使更換車廂、更換搭車時段，色狼也會一直糾纏她。我請阿護幫忙制伏色狼，以為這是一石二鳥的妙計。

而阿護果然貼心，我一拜託，他便二話不說仗義相助。惠成功擺脫可惡的色狼，搭車時安心許多，自然很感謝阿護的幫忙。因此，邀請阿護參加校慶當作謝禮的劇本輕鬆達成。惠稱讚是好主意，當天也玩得很盡興，不忘誇獎阿護是很棒的男生，我也偷偷強調「就是說啊，他很可靠喔」。

在那之後，我們時常三人出遊。惠和阿護看起來都很愉快，他們開心，我也感到很高興。此外，這也是我生平第一次和朋友熱鬧出遊，而且還是最重要的兩個朋友，過程有趣到連我都感到訝異。一陣子之後，我認為差不多該讓他們單獨培養感情，卻忍不住心想「下次」、「下次一定」，一而再、再而三地加入他們。就在我開始無能為力時，成員增加了。阿護找來朋友根津同學加入，他和惠是國中同學，阿護試探我可不可以找他時，老實說我心裡覺得不妥，但也無法說不。

當然，我第一時間詢問了惠的意願，心裡盤算如果她不喜歡，儘管對阿護的朋友很抱歉，但要趁機回絕。

怎知惠笑呵呵地說「當然好啊，人多更好玩」，非常歡迎對方加入。

根津同學是個文靜矮小的男生。既然是阿護的朋友，我相信一定是好人。但老實說，他妨礙到我的計畫了。

我擔心的事情果然應驗了，不論去遊樂園、電影院，還是咖啡廳，根津同學坐在惠旁邊的機會增加了。為此困擾的似乎只有我，其他人都一團和氣。

難不成，惠喜歡根津同學嗎？可想而知，根津同學也喜歡她嗎？

我如此猜測，開始觀察兩人，並且看見了未來。

看起來較成熟的根津同學，一臉拚命地向長大成人的惠表達心意，表明從國中就喜歡她。然而，惠露出抱歉的表情，回答「對不起，我已經有喜歡的人了」。

「嗯，我知道。即使如此，我還是想把心意告訴你。抱歉，為了這麼自私的理由把你找來。」根津同學如此回答。

我一方面因為偷窺兩人的對話感到愧疚，一方面也感到苦惱。

如果惠對根津同學也有好感，兩人願意交往看看，似乎有轉圜的餘地，但顯然並非如此。

除此之外，還有另一件事困擾著我。惠和根津同學常常比鄰而坐不是巧合，恐怕是阿護悄悄安排的。

情況已經昭然若揭。

保險起見，我直接向阿護確認，結果他反過來問我：

「你想撮合我和小惠嗎？」

他的表情有點生氣、有點受傷，我才驚覺——阿護知道根津同學暗戀誰。依他的個性，絕對不可能喜歡上朋友想追的女孩子。

那個當下，我只能老實道歉。阿護也貼心地不再窮追猛問。

那天之後，惠找我去看電影時，我只說「好，我們走」，惠還悄悄歪頭觀察我的表情。

「咦?你今天沒說要找森野同學一起去?」她打趣地問，我心頭一驚。

惠見我沒說話，自言自語地接著說：

「我本來以為你不好意思單獨約森野同學出去玩，找我壯膽呢。」

「不是……」

「嗯，我知道不是。徹子不是那種女生，我也絲毫沒有那種感覺。所以當根津同學出現時，我總算想通了。」

我納悶不已，惠微微一笑。

「因為，根津同學喜歡我，對吧?」

我說不出話。惠輕鬆地繼續說：「還有，森野同學對我沒興趣。坦白說……大夥兒一起出去玩雖然熱鬧有趣，但我偶爾也想和你單獨慢慢聊天、四處遊玩。你看，不是有很多女孩的話題嗎？或是女生想買的東西呀。」

她睜著大大的眼睛瞅著我，我舉手投降。

我重要的朋友們願意配合我行動，我卻得寸進尺，傲慢到以為可以隨便操控他們的心。

無論做什麼，絕望的未來都牢牢釘在那兒。

我已經不知道該怎麼辦了。

「發生什麼事？你怎麼哭了？」

惠嚇了一跳，輕輕擁住我，而我只能如同對阿護所做的……拚命道歉。

而惠什麼也沒說，什麼也沒問，只是用力抱住我。

每當我身陷混亂及絕望，心地善良又聰穎的摯友散發的體溫，總是如此祥和而溫暖。

7

我表示成人式當天不穿和服時，母親相當震驚。

「只穿一天太浪費了，而且我穿起來又不好看，從小對和服也沒有特別嚮往。我穿開學典禮買的套裝就可以了。」

我一口氣說完，母親愣怔地看著我，半晌後嘆氣道：

「你這個孩子，真不知道該說你理性還是冷漠呢……媽媽一點也不覺得自己在養女兒。」

她似乎頗有微詞，但我比她還訝異。

我以為這麼做可以取悅她，畢竟，我只是把她說的話原封不動地還給她。

看見這段未來時，我也覺得母親說的很有道理。和服十分昂貴，別說購買，光是用租的就要價好幾萬日圓。不僅如此，配件、穿衣費、妝髮費和上照相館的費用，每一項都所費不貲。況且，我不像其他女生，對成人式和服懷抱憧憬。母親說的對極了。

在本來的未來裡，母親每逢缺錢必念：「與其花錢替徹子準備穿起來彆扭，又不嚮往的成人式和服，不如把那筆錢省下來，拿去存阿徹的學費還比較實際。」而我改變了這個未來。

父親說「徹子愛怎麼做就怎麼做」，母親嘴上雖然答應，但動不動就向爺爺奶奶、外公外婆和親戚朋友抱怨：「聽我說，徹子她呀……」

媽，別擔心。這對未來絕對有益無害。

如果可以這麼說該有多好，但我已下定決心，不會把關於未來的任何事告訴別人，包括自己的母親。

母親應該是真心想看我盛裝打扮，但只是一時的。將眼光放長遠，放棄和服能幫助弟弟存下學費，自由去讀想讀的學校，重要太多了。

提到成人式，我有其他更擔心的事。

十歲的時候，我們的小學舉辦了「小小成人式」的活動，全市都要響應。活動的重頭戲是寫給二十歲的自己的「時光膠囊信」。

記得當時，我對於要寫什麼給十年後的自己毫無頭緒。因為，我大概知道未來的自己是什麼情形。也許會因為一個又一個關鍵選擇產生細微變化，但我本身的處事之道應該沒有太大的改變。和現在相同，成為一個只有認真可取，平凡樸素的大學生。因為我預先知道結果，所以無法和其他同學一樣，敞開胸懷，恣意寫下「我要當運動選手」、「我要參加奧運」那種充滿夢想的信。

沒在時間內完成的同學，要當成作業帶回家寫。我在家裡的書桌前再次抱頭。就在那時，我做了奇妙的夢。

夢裡有穿五顏六色漂亮衣服、頭髮顏色亮晶晶的女人，穿華麗衣服的男人，還有會使用魔法的老爺爺，現場播出熱鬧的音樂，最後居然出現龍的小寶寶飛過天空。

在此之前，我也做過去到陌生的地方、看見陌生的景色、遇到陌生人的夢。大部分醒來就忘記了，只隱約記得做了奇妙的夢。

當時需要趕著寫作文，我不小心睡著，沒有時間慢慢想，索性把夢見的內容如實寫上去。

這段記憶重回腦海。不知為何，龍的小寶寶慢慢變成人類的小寶寶。

那天之後，每當新聞介紹各地成人式的盛況，兒時的我都會感到奇怪。電視上興奮不已的男人和女人當中，有人穿的衣服和我夢見的衣服很像。每逢成人式到來，我都覺得哪裡怪怪的，直到長大才驚覺：「該不會……」

十歲的我，想像著二十歲的自己參加成人式，做了白日夢。該不會當時的夢，是我參加成人式當天實際發生的事情吧？

如果是這樣……

小嬰兒在天空飛……這個如同宗教畫的光景，如果真的發生在現實中呢？

不可能吧。想歸想，但我無法擺脫不好的預感。

當一樣東西還在遠方時，看起來既小又模糊。當你慢慢靠近，輪廓會逐漸清晰。對我來說，這和透視未來很相似。隨著預知日期接近，本來模糊的影像逐一浮出細節，我開始能掌握全貌。

十歲的夢，是使人心情愉快的好夢，彷彿誤闖童話世界舉辦的嘉年華會，我依稀記得那股輕飄飄的好心情維持了好一陣子。因此，我過了許久才察覺其中有異。

親眼見到具體的人事物，有助於觸發我的能力。所以，我早早前往市立綜合體育館。每年成人式都在這裡舉行。

我慢慢朝大廳一端走去，眼前彷彿出現時空快轉——回過神來，我已站在目標布告欄前。身後有人接近，回頭一看，穿黑西裝的阿護看見了我，揚起嘴角。

直到那一刻我才驚覺，這是當天回來參加成人式的阿護。去外地讀大學的他，在這天回到老家。

得知這個好消息，我放下了心頭的重擔。有阿護在，不用擔心。計畫肯定會順利進行，這份信賴超越了預知能力。

即使看見了可能發生在成人式當天的意外事故，這份信心也不動搖。不用擔心，時間地點已經知道了，我要做的只有把阿護帶過去。光是阿護在，世界就如同貓咪晒太陽，圓滿祥和。

我不禁感嘆，如果阿護喜歡惠就好了。如此一來，我最重要的兩個朋友就能獲得幸福，我就不用以最糟糕的形式與摯友永別。

感嘆無用，這件事我無能為力。未來也許可以改變，但人心難測，就算能控制也不是好事。

許久沒見到阿護，感覺他又長高了一些。他穿著我陌生的西裝，在布告欄前發現了我，略帶靦腆地笑了笑。

我們站著聊了一會兒，一起進場。得知二樓看台按照畢業國中分配座位之後，我去那裡找老朋友，一面和他們熱鬧敘舊，一面期待節目開始。以當地話題為主的問答大賽炒熱全場氣氛，眾人為來自同鄉的魔術師表演拍手喝采。

那場意外事故在當地搖滾樂團上場演奏時發生。

二樓看台一隅有人鬧事。位置是和我們不同區塊的最前排。先是傳來男人的怒吼，夾雜女人的哭叫聲，緊接著一行人吵吵嚷嚷地奔向護欄前的通道。還來不及思考發生何事，演奏中斷，會場亮起燈。剛滿二十歲的年輕人沉浸在音樂的餘韻，你一言我一語。直到一陣陣尖叫聲撕裂空間，熱鬧滾滾的會場為之凍結。

二樓看台有人墜落。出生不到數個月的新生兒，從看台摔下去……

從今以後，我們參加的那場慶祝活動，成為史上最難過的成人式，留在人們的記憶中。

我要修改這個未來。

這樣的結果雖然慘痛不已，但已知時間地點，看起來也不用擔心悲劇轉移到別人身上，所以應該不是太糟。

我要做的事情只有一點點。由於提前去過會場，看見與阿護重逢的畫面，未來宛如小石子在水面跳躍，帶出更久以後的畫面。我只需將阿護引導至一樓座位的某個點就行了。那是距離小生命墜地最近的位置，僅有幾步之差。

別擔心、別擔心。我在心中反覆告訴自己。

有阿護在一定沒問題。我的運動細胞和反射神經都很遲鈍，如果只有我一人，恐怕辦不到，不過有阿護在，就可以放心了。他會穩穩接住小嬰兒，如同輕輕鬆鬆接殺飛球。

因為我已明確看見新的未來，甚至能盡興享受每一段節目。我很想對同樣玩得很開心的阿護說：謝謝你今天願意回來。

雖然感到抱歉，但是輪到搖滾樂團上台表演時，我的腦中只聽見劇烈振動和噪音，絲毫沒有心情享受音樂。我聚精會神，留意二樓看台的騷動。聽不見他們在說什麼，擴音器爆出的驚人音量蓋過了一切。舞台上流竄著五顏六色的炫目燈光，沒有人注意到二樓看台的小小騷動……除非有人可以預知到這件事。

我知道，這是出於同伴打鬧招致的不幸意外，但能改變這個慘痛未來的人不是我，是阿護。

而我要說的咒語，就是如此簡單。

「阿護，你看那裡！不得了了！」

我奮力拍打阿護的肩膀，指著事發位置。阿護尚未掌握情形，身體便衝了出去。事情發生在短短一瞬間，我卻感覺像永恆那般長。阿護迅速、強而有力地抵達墜落點，極其溫柔地穩穩接住小生命。其他相關人士包含嬰兒在內，都在那個瞬間停止了動作，直到聽見嬰兒爆出平安無事的哭聲，全員才又動了起來。

阿護抬頭確認看台，大概猜到是怎麼一回事，小心翼翼地抱著嬰兒，往會場入口外移動。我當然也緊跟在後。

旁邊的人幾乎沒察覺異樣，站在通道的人頂多看了我們幾眼。我們看起來大概就像小寶寶突然大哭，急急忙忙離開會場的年輕情侶。這個想法令我忍不住想笑，結果不小心用過於高亢的聲音說：「阿護，幹得好。你好厲害！」大力稱讚青梅竹馬的英勇表現。

這件事也使我交到人生第二個同性摯友。她叫高倉彌子，寶寶的母親。老公正義也加入我們，什麼也沒做的我，也被當成孩子的救命恩人。

寶寶叫做龍二，上面還有一個大他一歲的哥哥。小彌和我同歲，已經是兩個孩子的母親了。

我從正義爸爸手中接過哥哥虎鐵，小彌抱起龍二，前往更衣室。她要檢查孩子有沒有受傷，還要哺乳，並且替虎鐵補充水分，還得整理自己鬆掉的和服，有許多事情要忙。

我因為有一個小我很多的弟弟，還算熟悉如何照顧嬰兒。時隔多年沒抱一歲兒，手臂挺沉的。

志工人員笑臉迎人地迎接我們進更衣室。她們多半是我們母親或祖母輩，一夥人熱鬧地湊上來瞧，七嘴八舌地照顧起小寶寶。

「兩位是朋友嗎？」

其中一位老太太好奇地問。與穿華麗和服的小彌相比，我的打扮過於樸素，應該很突兀吧。

「我們是最好的朋友喔！」小彌抱住我，「小徹，你和男朋友穿西裝情侶裝過來，對吧？」

我心跳加速，急急忙忙否認：

「啊，他不是我男朋友。我們只是普通朋友，應該說青梅竹馬。」

「是嗎？我和我老公也是青梅竹馬喔。對了，你們其實可以交往看看呀。阿護很帥，不是嗎？」

「有、嗎？」

「帥極了！他是我們夫妻倆的大英雄！」

當我心想「她真是個好女孩」時，忽然聽見稚嫩可愛的聲音喊我「小徹——」，一個小小女孩朝我走來。定睛一看，後面還跟著左右兩手各牽一名小男孩的小彌。這是幾年後的未來畫面。

我們在志工的目送下離開更衣室，小彌哈哈大笑地說：

「哈，換個尿布而已就這麼累。拜此所賜，剛剛的鬧劇我也忘光光啦！唉，接下來還有得忙呢。連續兩年生小孩，而且兩胎都是男孩子，朋友們都取笑我是不是瘋了呢。」

「我相信以後會生下可愛的女兒喔。」

聽我這麼說，小彌捧腹大笑：「什麼東西啦——」

我們才剛認識，她就認定我是最好的朋友。從這天開始累積，後來我們真的成了莫逆之交。開朗大方的小彌常帶著孩子來找我玩。

對我來說，這是未來最開心、心靈獲得慰藉的寶貴時光。

和服更衣服務區的旁邊還有其他展區，門邊貼著「回收時光膠囊信」的告示。放眼望去，裡面按照畢業小學校別設置了櫃台。

「啊——小時候學校叫我們寫的嘛，好懷念呀！」

小彌順著我的視線望去，語氣很興奮。

原來十歲那一天，我看見的是今天的夢啊。

高倉夫婦一行人皆盛裝出席典禮，染成五顏六色的頭髮彷彿外國人，小彌則像公主。這不正是我夢見的那群人嗎？身披黑斗篷的老先生，手杖輕輕一揮，各式各樣的東西便浮上空中。色彩繽紛的花朵從氣球裡冒出來，還有鴿子從高帽中飛出來，閃閃發光的彩帶從天而降。接著，現場響起奇妙的音樂，龍的小寶寶……也就是龍二飛過空中。全部都和夢境一樣……我改變的只有讓勇者在最後救了龍。因為龍還太小，無法在空中翱翔。

啊……我深深嘆息。只要有阿護在，世界輕而易舉便改變了航向，往好的方向行進。

小彌一行人邀請我們參加慶祝成年的派對，我因為和阿護同行，也一併受到邀請。阿護擔心我怕生，看了我一眼，其實我高興都來不及了。

儘管今天是初次見面，但我從很小的時候便知道他們。我混入這群人當中，彷彿誤闖童話世界，心情輕飄飄，心兒怦怦跳，和十歲時做的夢一模一樣。

由於阿護必須在今天之內趕回住處，我和他一起提前離開派對。來到車站時，阿護提議拍照留念，拿出手機按下快門自拍，說晚點會把照片傳給我。我們長大後還沒有拍過合照，總覺得相當不可思議。

接著，我們直接在車站分道揚鑣，晚一點才發覺出了差錯。我們拿錯彼此從會場領回的時光膠囊信了。

阿護發信問我要怎麼辦，我回他直接丟掉就好。他的信也用一樣的方式處理。

不小心跑到我這裡的信封外側，寫著男孩子氣的字跡……應該說很有阿護的風格，名字的筆劃大而率性。我端詳起字跡，懷念之餘，也不禁好奇內容。掙扎了一會兒，我從信封抽出對摺的白紙。

輸給好奇心的人多半會有這種下場。無論在故事裡，還是在現實中。

十歲的阿護用活力滿滿的文字寫下：

給十年後的我：

你去甲子園了嗎？去過的話，記得收好甲子園帶回來的土。不小心一點，可能會被老媽丟掉。記得找個容器或瓶子裝起來。

另外，十年後的我還在打棒球嗎？當上職棒選手的話，加入哪個球團呢？擔任哪個守備位置？

我有很多事情想問，真期待啊。完。

——無法挽回的過去，以這種方式猝不及防地將我擊沉。總是如此。時光膠囊彷彿變成一顆定時炸彈，在加害者的手中炸開。

想必這是某種警惕吧。

因為我總是那麼健忘，一不小心就依賴他……
多虧阿護，小嬰兒輕鬆獲救，我也因此有點得意忘形，真是太可恥了。
我沒有資格依靠他、一味接受他的幫忙。
我只能獨自與殘酷的未來搏鬥。

8

成人式結束後沒多久，我見到了堅利本人。

早在前一年，惠就向我坦白「我交男朋友了」，我故意催促「快點介紹給我認識」，而她聽進去了。

在見到本人之前，我始終以為這位接下來將害死摯友的男人，生著一張惡魔臉孔。他向來以模糊不清的輪廓出現在我的預知畫面。對他的憎恨與日俱增，他在我心中的形象也一天比一天黑暗凶險，逐漸化身為某種怪物。

想不到，提前來到咖啡廳赴約的他，有著一張不輸給女性的柔和長相，給人良好的印象。這樣形容可能有點過時，但他正是人們口中俗稱的美男子。脣紅齒白，膚色白淨。

遲鈍如我也能一眼看出，平時沉著冷靜的惠，今日難掩雀躍和緊張。

「那、那個，徹子，這位就是我男朋友……」

「我叫影山堅利，」男子開朗地笑了笑，自行接續話題，「常有人說我的名字很奇怪，我先說說這個名字的由來吧。堅利（katari）取自英文的catalyst，這個字本來指化學反應中的催化劑，也就是觸媒，如今也經常用在經濟用語，指市價出現大浮動的主要原因。因此，替我取名的人，期望孩子將來成為足以左右世界命運的重要人物。由於字面看起來很硬，常被誤會成『死腦筋』，但我這個人耳根子軟，很好說話喔，還請放一百二十個心。」

他流暢地自我介紹完畢，不忘微微一笑。那張溫柔的笑臉，非常討人喜歡，見到的人多半對他留下「人很好」、「很隨和」的好印象。尤其女孩子，可能覺得他「好迷人」、「好帥氣」……惠恐怕就是如此。

因為我已看見未來，反而認為這種人畜無害的笑容最恐怖。

我感到喉嚨乾澀，想吞嚥口水，卻好像哪裡噎住了，久久都說不出見面的第一句話。

「……啊，我的名字也很嚴肅死板，沒關係。」

我勉強傻愣愣地做出回應，要是再晚一秒，唯恐令人起疑。我也不知哪裡「沒關係」，惠聽了不禁竊笑：「沒關係是怎麼回事啦。徹子真可愛，你太緊張了。」

「你叫平石徹子？該不會是平石建設的千金吧？」

突然聽見和我毫無瓜葛的大型建設公司名稱，我急忙搖頭。

「啊，毫無關係。我們家是普通的上班族。」

「真是的，你們兩個都好無厘頭。」

惠再次被戳中笑點，噗哧笑出來。她樂天的笑容使我絕望。

惠從不懂得懷疑。不懷疑堅利的來歷，不懷疑他半開玩笑地刺探我的利用價值。在他的想法，資產家之女的好友應該也是豪門之後。我的推測並非多慮。在我所見的未來，堅利的的確確是這種人。

只要嗅到金錢、名利的氣味，就會自然地貼過去。等掌握目標之後，再將手伸向相關人脈。如同藤蔓植物，緊緊攀住周遭的樹木，以驚人的速度蔓生枝葉……終至做為支柱的樹木被完全覆蓋，枯萎凋零。

堅利透過大學社團的人脈得知惠是富家千金，眨眼間便攻陷她。也許堅利真的很有魅力吧，只是已知未來的我無法這麼想。

人墜入情網，大概就跟突然墜落深邃黑暗的洞穴一樣，伸手不見五指，唯一能看見的，只有頭頂上方的一小塊天空。天空越晴朗，心情越幸福；倘若太陽被雲朵遮住、落下山頭，一下子便重回黑暗。

連冰雪聰明、深思熟慮、性情穩重的惠也不例外。她的眼裡恐怕只容得下自己的情人，耳朵只聽見他的聲音，被完全支配、牽著鼻子走。而她非但沒有察覺，還甘之如飴。

面對一個心甘情願跳進洞裡的愛情俘虜，我該如何幫助她？惠不希望被拯救，她連自己身處險境都沒察覺，甚至不曾懷疑，直到深邃的洞穴底部開始崩塌……

直到那一刻，一切就來不及了。

在我看見的第一個慘痛未來，他們大學畢業便結了婚。惠邀我參加婚禮，還邀我之後去新家玩，接下來便失去消息。

起初我認為是新婚生活太忙，奇怪的是，我發去的訊息和郵件她都沒有回，甚至沒有回我賀年卡。

我懷疑自己被她討厭了。也許我在結婚典禮上做了什麼失禮的行為？煩惱了許久，我提筆寫信，她沒有回。我又挑了休假的星期日豁出去找她。按下門鈴，應門的聲音是惠，我不可能聽錯。但是當我報上名字，話語「啊……」地中斷，出來開門的是堅利。

「你是平石小姐，對嗎？」堅利冷冷地說，「抱歉，惠美不想見你。原因要問你自己。」

他只說了這些，關門送客。在那短暫的期間，屋內傳來嬰兒的哭聲。

我一定犯了重大錯誤，被惠討厭了……至此，我萬念俱灰，從此和她失去聯繫。多年後，我才經由惠的老家得知訃聞。

喪事由先生堅利主持，從頭到尾棺蓋緊閉。在告別式上，堅利聲淚俱下：

「老實說，惠美得了嚴重的產後憂鬱症，為此折磨多年。女兒情緒易感，容易哭鬧，加上體質虛，惠美照顧孩子照顧到心力交瘁。她做任何事情都很拚命，力求盡善盡美，卻在育兒上遭受挫折，情緒變得相當不穩定。我已盡我所能協助她，但還是做得不夠……惠美心思細膩，這點也讓她在人際關係上承受不少精神壓力。這些壓力全累積在體內，最終無法承受……這全是我這個做丈夫的能力不足所致。我忙於工作，沒有好好支持妻子……是個無能的丈夫……我……我對不起惠美……」

堅利說到這裡哽咽，用白手帕摀臉。出席喪事者無不出聲啜泣。

「未來，我會帶著孩子連同惠美的份堅強地活著。相信惠美會在天上守護我們。今日謝謝各位抽空來看她。」

致詞到此結束，堅利深深一鞠躬。

——這就是長年以來，我所看見的痛苦未來。在正式認識惠以前，畫面非常模糊，卻足以令我悲傷、恐懼不已。上高中遇見惠本人以後，這個殘酷的未來更是清楚到毛骨悚然……堅利在喪禮上扮演悲劇主角，這就是我所知的全部資訊。

我不能再以怕生、害怕社交為藉口，逃避問題。

我鼓起勇氣，見到了惠的家人，並且積極認識惠身邊的人，如今終於見到堅利本人。我總算明白在原始的未來裡成為局外人的我，所不知道的事件全貌。

我看見惠的外婆在未來痛罵這個男人是惡魔。她說的是事實，絕非遷怒。

堅利非常富有魅力，腦袋聰明，說話具有分量，人望極佳，有許多人找他商量事情。他會溫柔地設身處地聆聽，商量的次數逐漸增加，許多人都喜歡找他談心。

人類特別順從於傾聽自己心事的人。這種人享有特權，不會受到否定及批評，其中甚至有人自虐地替這種人說話。

當這些談心者變得不能沒有他，堅利就會慢慢挑撥離間。如果談的是感情問題，他會煞有其事地說：「對了，我上次剛好看見你男朋友……啊，這種事還是別由第三者來說比較好，免得害你們吵架。」卻從不觸碰核心，用這種方式在雙方心中播下猜忌的種子。

結果，堅利身邊有數對情侶分手、感情要好的朋友從此老死不相往來，也有人在團體中受到孤立，黯然退場。還有一次牽涉到複雜的三角關係，最終導致其中一人退學，另一人留下憤恨的遺書，引發自殺未遂的騷動。

出社會之後，堅利陷害善良的前輩，並在其他同事發現之前劃清界線，順利升遷。等他握有權力，又將那些位階比自己低的人一一逼入絕境。堅利總是扮演完美的人格，被他陷害的人不好找別人商量，在公司沒人相信，逐漸孤立無援——最後走上自殺的絕路。

這是堅利未來做的事。但我認為他一路走來都是如此，現在這一刻也正在進行。不用說，堅利也如此利用即將成為自己妻子的女孩。

先四處建立自己的信徒，再慢慢讓目標疏離家人和朋友。堅利要求能力很強的惠當一名家庭主婦，不讓她外出工作，完全孤立她的生活，將她關進美其名為家庭的單人牢房，澈底剝奪妻子身為人的自信心。一切興趣在他口中都變成「無聊至極」，只要犯下小錯就被放大檢視，嘲笑她是沒出過社會的大小姐，嘆氣責怪她遲遲無法掌握丈夫的喜好，是個不用心的妻子。

堅利在喪禮上提到，惠做任何事都很拚命，力求完美，這部分是真的。無論課業或是才藝班，惠總能獲得與付出的努力相應的好評。她沒有因此驕矜自滿，但確實建立了某種程度的自信心和成就感。

而她的聰明能幹，在婚後突然成了笨手笨腳。

正因為她很認真努力，才會對於無法滿足心愛丈夫的要求感到分外自責，勉強自己更加努力，卻沒察覺這場考試永遠不會獲得滿分。最佳解答總是隨著丈夫的心情變化，惠認為自己一再令丈夫失望，因而墜落沮喪的谷底。此時，懷孕生產更將她逼入絕境。

不論惠再怎麼認真努力，世上沒有一個新手媽媽一開始就得心應手。

孩子半夜啼哭被指責是不正常。孩子吐奶也被責怪。若是孩子的體重沒按照媽媽手冊上的成長曲線增加就被問罪。孩子長了汗疹或尿布疹，就被責怪沒有帶去好好治療。生病受傷也備受指責。還有因為忙著顧小孩而怠忽家事等等，連「孩子不親爸爸都是你的錯」這種話也說得出口……

在產後不穩定的時期被拚命指責，身心不出問題才奇怪。

越看見未來的種種細節，我對堅利的嫌惡感越是與日俱增；除此之外，也不明白他這麼做意義何在。惠是一個只要接收溫暖陽光和柔和小雨，就能綻放美麗花朵和芬芳香氣，令路上行人忍不住駐足讚嘆的女孩。她的笑容使人感到幸福，貼心的舉止療癒人心。她絕對有能力組織一個安穩、舒適、美滿的家庭。無論為人妻還是為人母，要找到比她優秀的人，想必十分困難吧。堅利為何刻意讓昂貴的花朵枯萎？這麼做到底有何好處？

我完全無法理解，也無意理解。可是，我必須了解。不了解他行為背後的目的，我就無法幫助惠脫離險境。

見到堅利本人、窺見他未來的片段之後，我絞盡腦汁尋思對策。

在他眼裡，旁人如路邊的小石子，不屑一顧。但他並非對人毫無興趣。他會心血來潮，隨手撿起路邊的石子，變換角度往水面投擲，觀察可以跳幾下。就是這類興趣。而那些石頭裡，偶爾也會出現鑽石般昂貴美麗的寶石。他熱愛這些石頭。喜愛得到這種石頭，炫耀給別人看，顯示自己很行。喜愛將得到的寶石當成玩具糟蹋，從中得到樂趣。

到底該怎麼做，才能停止他這種彷彿貓兒捕獲獵物，忍不住玩弄致死的行徑？

我一面聆聽兩人交往的經過，一面轉動腦袋思索。

——如果在貓咪玩膩之前，在牠面前放一個更有趣的新玩具呢？

我能夠成為那個玩具嗎？能夠不被當成「惠美非必要的附屬品」，持續吸引他的好奇心，而不遭到切割嗎？

我無法和惠一樣，化身閃閃發光的鑽石，吸引他的目光。我長得不美，沒有萬貫家財，更沒有廣大的人脈。

但我也許會是一顆具有實用價值的鐵礦。

我手上沒有其他牌能挑起他的興趣。

——除了透視未來的能力。

道別之際，我用只有堅利聽得見的音量說：

「你最近會撞到一位老太太，只要對她親切一點，就會發生好事情。」

堅利露出極為罕見的錯愕表情，我成功了。他肯定在想，這個呆笨無趣的女人，到底在胡說什麼？

我用必死的決心，對訝異瞧著我的可憎敵人，露出意味深長的微笑。

我使出了唯一一張王牌。

未來一定會發生變化。

9

「——喲，卡珊德拉，你今天要不要預言看看？」

背後突然有人叫我，我嚇了一跳。

我正在水槽清洗大量蔬菜，水聲蓋過了其他聲音，因此沒察覺有人接近。

不用回頭也知道，來者是堅利。

這要先提到距離我們初次見面後兩個月的春天，惠找我參加聚會。那是一場大學社團主辦的輕鬆小派對。

「我去參加不會打擾你們嗎？」我問。惠說：「堅利提議找你來玩，他是幹部，他說了算，不用擔心。還有很多其他大學的學生受邀喔。徹子，你知道嗎？堅利對你讚不絕口，說你有種神祕的氣質呢。」

惠開心地補上一句「果然有眼光」。

「謝謝你們，我很樂意去。」我回答之餘也鬆了一口氣。因為，照這樣看來，我應該不會被分類成「沒有用途」了。我成功守住了千載難逢的機會。

派對雖然辦在大學生愛去的平價餐廳，來參加的青年男女卻都打扮入時，使得穿平價洋裝的我顯得突兀。但我沒有閒情逸致沮喪，當天受邀參加的人，或多或少和堅利有關，如果能窺見他們的未來，也許可以找出拯救惠的方法。

第一次見到堅利時，我預見他在下個星期，被一位從銀行衝出來的老婦人撞到。錯不在堅利，但他只看了跌坐在地的老婦人一眼便揚長而去……這是本來的未來。

如今堅利牢記我的建議，立即扶起這名老婦人，客客氣氣地向她道歉。老婦人微笑點頭：「你還是學生嗎？現在很少看見這麼有禮貌的年輕人了。來，這給你拿去當零用錢。」說著塞給他一張萬圓鈔票。

我不確定這對堅利來說算不算「好事」，但我相信，他必然對隨後看見的畫面提起興趣。

一名男子急急忙忙從銀行門口追出來，以極其尊敬的語氣喊住老婦人：

「久我山夫人，方才真是萬分抱歉。我等一下一定會嚴厲地教訓新來的行員，請您……」

只見年紀相當於我父母的男子深深低下頭。老婦人當下不領情，但過了一會兒心情好轉，和那名中年行員一同走回銀行。

想必這名老婦人是銀行的重要客戶。一週後，堅利得知她的身分。報紙的訃聞欄刊登了「久我山世津」這個名字。上網搜尋年齡和地址，可以找到當時相撞的老婦人的照片和報導。她是和丈夫共同創業一代致富的大資產家。

我不清楚堅利得知此事後的想法，只知道他如此喃喃自語：

「唉，可惜。」

無論我有沒有給予建議，都不影響久我山世津的死，所以我說出這件事，期待能因此開啟某種可能。

既然我受到邀請，表示他上鉤了。

派對上，堅利和惠郎才女貌，成為眾人注目的焦點。每個人都搶著跟他們說話，使他們應接不暇。我慢慢梭巡於人群之中。我的能力無法連續發動，不過，若將意識輪流集中於特定人物，似乎能提高「看見」的機率。

其中一位女子引起我的注意。她有一頭烏黑亮麗的長髮，生得美若天仙，表情卻愁眉不展，獨自喝著悶酒。她察覺我在看她，露出困惑與不悅交雜的神情，瞪了我一眼。

我幾乎下意識脫口而出：

「那傢伙的愛，不值得你賭上性命測試……即使你不是真心想死。他不會來救你的。要是不小心死了，你怎麼辦？」

女子睜大眼睛，丟下一句「你在說什麼？真噁心」，躲入人群中。

「哦……？」背後傳來聲音，我吃了一驚。「你宛如卡珊德拉。」

卡珊德拉是希臘神話裡出現的預言者。我回過頭，如我所料，堅利站在面前。

我只是靜靜等待堅利自行開口。這場沉默競賽是我贏了，堅利微笑說：

「惠美形容你是一位不可思議的朋友，還說打從第一眼見到你，就感覺你跟其他人不太一樣。我有同感。我聽從你的建議，親切對待一位老太太，她給了我零用錢……只可惜，那位老太太很快就過世了。」他說到這裡停下來，見我依然靜默不語，露出揶揄的笑容。

「你真安靜。或者，你只有在預言時才會滔滔不絕呢？我聽見你剛剛那番話了。難不成，你可以看透生死？你也看見好朋友的未來了？」

我對此保持一貫的緘默，但可能不慎流露出情緒。堅利提高音量笑出來。

「我是開玩笑的。如果讓你不舒服，我道歉。」

我感到背脊發涼，緊握的拳頭卻布滿汗水。

「真是的，原來人在這裡！我一直在找你們呢。」

肩膀突然被人一拍，惠的聲音傳來，頓時消除了我的緊張。

「你們看起來很開心的樣子，在聊什麼？」

「我看徹子一個人在這裡好像很無聊，跟她說了一個冷笑話，害她不知道該怎麼接話。」

「唉，徹子，對不起。堅利看似正經，其實很愛開玩笑。」

郎才女貌的情侶有默契地一搭一唱，氣氛輕鬆愉快。

「惠，抱歉，」我終於開口，「我剛剛不小心喝到酒了，現在有點反胃，想先回家。」

胸口深處確實有東西在翻攪，但不是因為酒。

「咦，沒事吧？要不要我送你回家？還是先找地方休息一會兒再走？」

惠擔心地偷看我的臉，我急忙搖搖頭。

「沒事沒事，去外面吹吹風應該就好了。那我先回家了。」

說完之後，我離開了與自己格格不入的華麗派對會場。走出戶外吸了口冷空氣，我感到放鬆許多。堅利吐露的酸言酸語，令我難受到喘不過氣。

換句話說，我只是落荒而逃。逃離令我恐懼的對象。

那天，我在回家的路上不停思考。

——難不成，你可以看透生死？

堅利這句話迴盪在腦海。

他用希臘神話的人物比喻我。

卡珊德拉是擁有預知災厄能力的特洛伊公主。她預言了特洛伊的滅亡、阿加曼農遭到暗殺，卻無法遏止悲劇發生。

回首過往，我看見的未來確實以壞事居多。扣除一些不重要的小事，唯一稱得上好預言的，恐怕只有預知到弟弟誕生吧。這麼一說，我也看見了小彌的女兒誕生。堅利說的或許沒錯，我特別容易看透生死。

我不小心給予忠告的女孩，肯定和堅利脫不了關係。這個男人喜愛在金魚缸裡下毒，欣賞美麗的金魚痛苦掙扎的模樣。

所以，他立刻明白我的預言將會應驗，同時推斷我的第一個預言並非偶然。當然，儘管他仍半信半疑。

目前為止都和我的預測相同。我的目標有二：

一、讓堅利對我產生興趣。二、得到能就近監視他的身分。

第一個目標已達成。第二個目標難度較高。我們讀不同大學，他是我摯友的男朋友，我們若是頻繁見面並不妥當。

主要的原因在於，我對堅利有深層的恐懼。他的眼神宛如在懸崖峭壁居高臨下，睥睨凡人，與他對峙，我便無法動彈。

我的恐懼恐怕也傳達給他了。一般女性見到堅利，多半為他沉醉，如同小動物瑟瑟發抖的大概只有我。這反而挑起了他的好奇心。我不能和堅利保持太遠的距離，但也不能離得太近，否則有危險。我的能力若被旁人知道，只是百害而無一利，更何況是堅利這種危險人物。

「難道她有預知能力？不可能吧。」最理想的狀態是能引起他的注意，一方面又不會過度懷疑。

——但也許已經太遲了。

時序回到夏天，我受邀參加露營。

自從惠開始和堅利交往，和我單獨見面的時間少了。直到我認識堅利本人，才開始頻繁受到活動邀約。應該是堅利主動提議找我參加。

弟弟誕生之後，父親也更用心於經營家庭，我們一家經常外出露營，我因此熟悉了野營的要訣。然而這次受邀，我的身分較不明確，不宜過度招搖。因此，我刻意躲起來洗菜、切菜、洗碗，只負責幕後工作。

在我洗菜的時候，堅利叫住我。

「喲，卡珊德拉。」他如此開場。

「你看起來真忙，要不要幫忙？」

堅利隨便看了一眼沾著泥土的馬鈴薯，顯然只是嘴上問問，不是真的要幫忙。

「不用，我自己可以處理。」

我回應的聲音不由得僵硬。

「……卡珊德拉真勤快啊。」

他揶揄道，我輕輕聳肩。

不能透露太多情報。不能被對方看破我的企圖。我不懂得賣弄話術，也沒有演技裝迷糊，只能選擇默不作聲。

「徹子，還有很多要洗嗎？需不需要幫忙？」

遠方傳來惠的關切，我致力裝出最開朗的語氣回答：

「不用，快好了。」

堅利聞聲，迅速走回女友身邊。我把水龍頭的水開到最大。不論在家中還是野外，我從未用這麼大的水洗菜。因為，我想將黏膩不適的感受，連同馬鈴薯上的泥土一併沖洗乾淨。

雖然是野外露營，但這個營區頗高級，除了烹調區域，還有屋簷遮陽的戶外烤肉爐，設備一應俱全。因為有電，有人使用熱水壺，有人用租借的電鍋煮飯，只有氣氛像露營。營區有附衛浴的度假小木屋，我們甚至不需要搭帳篷。此外也併設時髦的咖啡廳和當日往返的溫泉浴場，我想，這就是上流社會的露營吧。也可能因為我們家向來都去最普通的露營區，比較之下才會產生這種想法。

晚餐時間，發生了一件小插曲。一名女孩的衣服因為烤肉爐竄出的火焰而著火。肉滴下的油脂使木炭猛烈竄出大火，女孩穿七分袖，袖口有飄逸的蝴蝶結綁帶設計，稍微碰到火便燒起來了。

女孩的男友急忙用毛巾蓋住火焰，提來旁邊的水桶，把女孩的手連同袖口泡入水中，因此沒有釀成大禍。女孩抽抽搭搭地哭起來，我以為她受傷了，聽見她說「我很喜歡這件衣服！很貴的耶！」才鬆了一口氣，看來並無大礙。

「既然很貴，就別穿來露營。」

我的耳邊傳來堅利的悄聲挖苦。

「不過，這種材質果真易燃……我剛剛一邊稱讚她『衣服好可愛』，一邊偷偷沾了很多油上去，她完全沒發現自己的袖口都是油呢。」

「你怎麼可以……」

我驚恐地回頭，堅利的臉近在咫尺。

「啊，你總算肯正眼看我了。」

「為什麼要做如此過分的事……」

「很過分嗎？」堅利揚起嘴角，「每個人或多或少都覺得那件衣服很危險吧？但卻無人出聲提醒，我認為這些人同罪。況且，你不是早就知道了嗎？所以準備了一桶水放在那裡。」

「那是維護露營安全的基本常識。」

「哦，是嗎？所以你只在乎惠美，其他人怎樣都無所謂？」

他看似輕聲細語，實則用力嘲諷。

「不是！」

我忍不住大聲回嘴。堅利後退一步，恢復普通的音量說：

「我只是開玩笑。你真是開不起玩笑呢。」

「真是的，堅利！你又在欺負我的好朋友了。」

惠氣呼呼地走過來緩頰。

「徹子，對不起。這傢伙喜歡講一些讓人嚇一跳的惡劣玩笑。真是的，不准再這麼做了。徹子可是正經的女孩子。」

「抱歉抱歉。我看徹子酷酷的，忍不住惡作劇。」

「真是的，以後不准喔！」

「對不起啦，你不要這麼生氣。」

後半的氣氛已不容許我打擾。

我懷著複雜的心情，目送小倆口飯後散步。

因為，惠和堅利牽手漫步的模樣，看起來相當幸福。

我婉拒了酒會，準備回小木屋泡澡時，惠邀請我「機會難得，我們去泡溫泉吧」。

前往溫泉浴場的路上，惠小心翼翼地把臉湊過來。

「徹子，我問你一個問題，你不要生氣喔。你該不會……對堅利產生好感了？」

聽到這個誇張至極的猜測，我放鬆原先緊繃的身體。

「你怎麼會異想天開？」

「因為，你總是用苦惱的眼神盯著他呀。」

這或許是真的。盲目的愛與深層的恨，兩者其實很相似，大半心力被對方奪走，

受到對方舉手投足影響……

我急忙搖頭澄清。

「你誤會了。我若對他有什麼特殊心情，也是氣他把你搶走。」

「討厭，戀愛和友誼要分開嘛。」惠笑了。看來她不是真心懷疑我。

然而，哪怕只有一點點，我都必須消除疑慮。

我拿出智慧型手機，亮出一張照片。

那是成人式時，阿護傳給我的合照。

「你看。」我一說，惠的表情為之一亮。

「你和森野同學在一起了？討厭，你早點說嘛。我從很久以前就認為你們非常配喔！」

太好了、真的太好了——惠反覆說著，我才發現她其實很擔心。即使不認為堅利會對我移情別戀，但他確實喜歡找我惡作劇。不僅如此，倘若自己的好朋友真的愛上自己的男朋友，嚴重程度可不只是尷尬而已。

我現在所踏出的每一步，都如履薄冰。

未來牢牢不動。不論我多麼努力鼓起勇氣接近堅利，都改變不了慘痛的結局。頂多只比當初被惠討厭、疏遠，最後收到訃聞的情形再好一點。而且只要找一個不小心，冰面就會破碎，打回原形。

無論做什麼，都改變不了惠死亡的命運。

我已經不知道該怎麼辦了。

在改變命運這條路上，我絕望了無數次，每次都在瀕臨放棄前，及時穩住腳步。

我時時刻刻與內心角落的自我懷疑天人交戰。

——皆大歡喜的路，當真存在嗎？

我會不會只是在沒有放入「大獎」的摸彩箱裡，空虛地攪動呢？即使如此，卻得不斷付出重要的物品做為摸彩代價。

我咬緊牙根，忍住想哭的衝動。現在的我，甚至不能和從前一樣，在惠的面前想哭就哭。一旦落淚，好不容易消除的疑慮會捲土重來。如此一來，我將無法陪伴她，無法拯救她。我不允許這種情況發生。

我連阿護傳給我的紀念照，都不惜玷汙了。

不得不撒的謊言，使我心如刀割，對阿護和惠都感到愧疚。

好想快點沖澡。把想哭的心情和悲傷的未來，全部用水沖個一乾二淨。

我懸著一顆心，和摯友走過黑暗的小徑。

10

我選擇當護理師，是因為這麼做對我來說有幾個益處。

首先是錢。護理師職缺多，薪水相對優渥。當然，我清楚責任重大，無論工作內容或工作量都很吃重。

考大學的時候，母親再度希望我去讀私立名門女校。我告訴她想當護理師，她沒有反對。母親沒有反對，就是贊成的意思。這堅定了我往護理師邁進的決心。

但這並非主因。

當堅利以實習醫師的身分來到醫院，職場裡的其他護理師——尤其年輕女孩，都顯得興奮異常。她們和惠一樣，轉眼成為堅利的俘虜。有男友的女孩，沒有男友的女孩，以及看年輕護理師不順眼的資深護理師，全都不知不覺成為他的信徒。

拜此所賜，職場洋溢著歡樂又緊張的奇妙氛圍。

我並不想替堅利說話，但這個現象不是他刻意為之或不懂分寸造成。年輕未婚的醫師本來就受歡迎，如果長得英俊，女性趨之若鶩並不奇怪。不僅如此，堅利出社會以後變得沉穩許多，幾乎不再對外顯露學生時代令我害怕的特質，不會惡意調戲對自己有好感的護理師。

連他在職場發現我時，也保持一貫普通的語氣，隨和地笑著打招呼：「喲，平石小姐，想不到會在這裡遇見你。」

「你們認識？」同事們異口同聲，堅利比我更早回答：「她是我未婚妻的好朋友，我們從念書時就認識。」

想必同事紛紛露出失望的表情，只有我兀自感到高興。

既然一開始就表明自己有未婚妻，應該無意玩弄他人感情。也許堅利已不如從前作惡多端。

那陣子，連我也不禁對他懷抱期待。我想相信人性本善、人會變好。長年接觸惠那樣純潔善良的女孩，也許他會受到感化。即便是惡魔，也不至於完全沒救。

當然，我提前來到堅利實習的醫院就職，並非偶然。我從預知的未來分析利弊，選擇了正面迎擊。我認為，只要待在同個職場，就能長期監視堅利的作為。

事實上，儘管我們任職同一家醫院，醫生和護理師的立場完全不同，工作內容有所出入。我們護理師面對病人，醫師則要面對疾病本身，雙方都忙得昏天暗地，偶爾交談，全是工作上的指示。不論他有無意願和我攀談，我們彼此都沒有時間好好閒聊。因此，我沒機會看見未來，亦無法改變未來。這兩件事難以和忙碌的工作並行。

聽說堅利是一位優秀的醫師，院長非常看好他的前途，護理站也肯定他的醫術。

「影山醫師酷酷的，非常迷人。」同事間耳語流傳，使我五味雜陳。

「影山堅利的冷酷無人能敵。」

我用旁人聽不見的音量，自言自語地玩起文字遊戲。將同事的稱讚替換成貶意，但這麼做沒有任何意義。

我觀察了堅利與病人互動的方式，覺得他過於冷漠平淡。就連告知殘酷的病情，語氣都沒有絲毫變化，不懂得體貼病人和家屬得知惡耗的心情，僅用公務性的口吻陳述治療計畫。

我曾經認為他這點太過冰冷。但是到後來，我不禁反省，也許這才是一位醫師該有的態度。

院內曾有一位和堅利完全相反類型的醫師。他總是真誠面對病患，感同身受地傾聽煩惱……因為他很溫柔，所以很受病人歡迎。稱讚這位醫師的人，常常拿他和堅利做比較。

「影山醫師態度有點冰冷，我不敢問很多問題。」諸如此類。

然而，不出多久，那位溫柔的醫師就得了身心症，辭職了。

無論好壞、正確與否，從結果來看，像堅利這種個性的人，或許比較適合當醫師。

坦白說，在思考這些面向的同時，我對堅利這個人也有所改觀。他不再像從前那樣，愛用「卡珊德拉」揶揄我。同樣地，也不再以團體內的挑撥離間為樂，不再針對別人的弱點窮追猛打，也不再把誰逼入絕地了……我曾這麼以為。

原來人真的會改過向善。既然如此，未來一定會變好！

我搬出這套說詞，一次又一次地說服自己。

——但從結果來看，終究只是我天真的期望。

職場的氣氛慢慢變糟。宛如關在密閉房間，逐漸窒息。

我開始懷疑是堅利在搞鬼。但就我的視線範圍所及，他的品行沒有任何缺陷。

當然，我也並未預見災難發生。

與此同時，惠和堅利的婚禮如期籌備。偶爾和惠見面小聚，她都像個幸福的新娘子；至少表面看來，煩惱的問題都是「要辦哪種婚禮」而已。

「你覺得這兩個相比，哪個比較好？還是再看看其他的呢？」她給我看了很多婚禮策劃和目錄，認真詢問我的意見，光是這件事就跟原始的未來截然不同。所以，我也產生「或許可以迴避死亡」的想法，認真回應惠的問題，並提供最保守的意見。

但不出多久，夢幻幸福的時光便罩上陰影。

由於我的工作經常需要夜間輪班，所以只能盡量抽空主動打電話或傳訊息給她。起初回覆的語氣和用字都很雀躍，不知不覺，卻摻雜了苦惱。

我本來以為是婚前憂鬱，內心偷偷高興了一下，邪惡地心想，也許可以順勢誘導她放棄結婚。但似乎不是。惠依然深愛著堅利，擔憂他忙出病來。惠對堅利的愛不曾改變……我對此感到遺憾。

「應該沒什麼事……別擔心。」惠一再強調沒事，聲音卻有氣無力。

我需要見到本人才能窺見未來，於是利用假日拜訪了惠家一趟。惠看見我，露出開心的笑容，隨後卻潸然淚下。

我才得知，原來她受到陌生人的惡意騷擾。

「起初，我以為只是一般惡作劇。」惠說。從話中聽來，她接到幾通比惡作劇更加惡質的騷擾電話。

「我猜，對方一定是喜歡堅利的女孩子……堅利從以前在學校就很受歡迎，類似的情形我遇過好幾次。」

後半雖然比較像炫耀老公，但惠的表情很僵硬。

聽說電話指名要找林惠美，內容從頭到尾讚揚堅利多麼完美無缺，批評惠身為未婚妻配不上他，快和他分手，還口出惡言罵她「醜女」。對方自行打來，說完自行掛斷，沒有報上姓名。

最近情況變本加厲，那個女生不知從何得知惠的手機號碼，傳來附照片的騷擾信。那是一張充滿臨場感的堅利睡姿照片，標題附了愛心符號，上面寫著「堅利醫師的睡臉好可愛喔」。我看到的當下心裡大叫不妙，但仔細查看，那分明是醫院休息室的床。

惠不願浪費時間接她電話，因此把手機設成語音信箱，對方便開始傳信過來。語音信箱有一通留言，我請惠讓我聽聽看。

「我正在和堅利醫師交往喔，你快點退出，我就能和他結婚了喔。」

我認得這語尾故作撒嬌的說話方式，以及略帶鼻音的聲音。

「這件事可以交給我處理嗎？」

聰明的惠聽到我的語氣，立刻猜出了八九成。

「對不起，把你捲入奇怪的風波……不好意思，麻煩你了。」

她萬分內疚地請我幫忙。

11

一言以蔽之，我認識這名騷擾犯。她是新進護理師柏木胡桃（kurumi）。醫檢師和男護理師喜歡把她的名字倒過來念，變成 miruku，諧音「牛奶」，暱稱她「牛奶妹」。她是男職員心中的女神，從女性眼光來看，也覺得她個頭嬌小，膚色白皙，長得甜美可愛。

這次的騷擾事件，起因於牛奶妹為了搶奪堅利而自導自演。

起初我和本人對質，牛奶妹裝傻到底，但林家的室內電話大剌剌地留在手機通話紀錄，罪證確鑿。加上那通語音留言，令她無從狡辯。

我質問她目的是什麼。「人家喜歡堅利醫師嘛！」答案不出所料。

「所以，你就可以撒那種謊？」

「說不定很快就不是謊言了啊。不是我自誇喔，只要我認真去追，所有男生都會淪陷！未婚妻嚴重妨礙到我了，我想，也許可以讓他們解除婚約啊！」

信箱。

聽起來很荒謬，但她是認真的，還趁堅利淺眠時擅自查看手機，取得惠的聯絡

「密碼是堅利醫師的生日，人家輕輕鬆鬆就破解了喔。」她竟然還洋洋得意，

我聽得渾身無力。

我實在不擅長應付說話沒重點的人，決定直接找另一名當事人問清楚。假設堅利當真做出讓牛奶妹誤會的行為，我寧可把他們送做堆……當然，堅利必須好好為毀婚一事道歉。我可以想像惠將多麼傷心欲絕，但至少她的未來有了希望。像她這麼好的女孩，一定會遇到更好的對象。

所以，我將危機當成轉機，有些激動地跑去找堅利興師問罪，想不到他聽了之後很訝異。

「謝謝你告訴我，我完全不知道這件事。惠美不想讓我操過多的心才沒跟我說吧……這份堅強也是她的優點。」

他厚顏無恥地說。

直到這一刻，我仍懷疑堅利說謊，認為一定是他在背後搞鬼。但是，不著痕跡地和同事四處打聽消息後，並未聽聞任何堅利蓄意勾引女方的跡象。

同時，惠也不再接到騷擾電話了。在醫院時，牛奶妹隱隱對我投來怨恨的視線，

想必被堅利狠狠警告了。

儘管職場氣氛變得有點尷尬，但惠一掃憂鬱，歡天喜地向我道謝，我也暫時滿足於這個結果。一方面，我也不禁思考，也許該對堅利改觀？

倘若職場氣氛不佳是這些單方面積極的女生造成，把錯全怪在堅利頭上，對他似乎不公平。仔細想想，年輕醫師罹患身心症辭職這種情形，在每個職場多少都會碰到，一口咬定堅利從中作梗，是否太武斷了？

至少就我所知，堅利什麼也沒做。

堅利是絕對之惡——心中的準則逐漸鬆動。也許堅利真的變好了？他和基於私人理由成為護理師的我不同，懷抱拯救生命的高尚情操，矢志成為醫生嗎？

這種事不可能發生在堅利身上，但我開始不確定了。

如此動搖、迷惘，一方面也和預知能力衰退有關。我還是很容易看見即將發生的事，然而數個月後、甚至數年後的未來卻變得相當模糊。就算集中注意力也看不清楚。

一直以來，我都認為沒有這股能力比較好。我恨不得它消失不見，如此一來，日子樂得輕鬆。

然而此刻消失，令我大傷腦筋。儘管心裡任性地希望它消失，但它可是拯救惠的唯一武器啊。

倘若我一如外貌，平凡無奇，沒有預知能力，從來不知道未來會發生悲劇，大概也會跟其他人一樣，覺得堅利很有魅力吧。也許會面帶微笑，溫柔祝福惠和堅利順利交往，看著他們步入禮堂。即便未來遭遇不測，我也只會震驚及哀傷，不會去怨恨、詛咒任何人。

但是，如今我不認為那樣比較幸福。無知地迎向悲劇結局，與知道後嘗盡苦頭全力反擊——如果要我二選一，我會毫不猶豫地選擇後者。

然而，能力衰退到無法看見太久以後的事，以及從過去經驗學到未來會不斷改變所造成的恐懼，大幅限制了我的行動。我心想，既然惠對堅利一片痴心，如果堅利懂得珍惜她，與她共築幸福的家庭，這無疑是最美滿的結局。

迷惘和期待困住了我，使我停下腳步。回顧過去，我總是想把惠從堅利身邊拉開，卻沒有一次成功，事到如今只是難上加難。於是，我開始相信那些天真的想法。

我心裡明明知道，只有親眼看見的未來可信，其他只是我心中的期望。

我應該要奮力抵抗到最後一刻。哪怕被惠討厭，哪怕招人反感，也不該放棄。

但日日夜夜與繁重的工作奮戰，我逐漸喪失了原動力。況且，成人後的堅利是溫柔謙虛的紳士，連我都在不知不覺間，尊敬他的工作態度……

醫院的腹地有一塊我中意的小角落，那裡有一座小花圃、一張老舊的長凳，從醫院的窗戶看不到這個位置。有時雖然有長時間候診的病患無意間繞進來，但非看診時段通常空無一人。

我趁值夜班前的空檔，獨自坐在那裡沉澱思緒。手上負責的病患將在今晚斷氣。已經預知到結果的我，選擇先來這裡，懷以莊重的心情，慢慢把自己該做的程序在心中排演一遍。

天空上滿月高照，我突然察覺月光在我腳邊投下人影，吃驚地抬起頭，來的人是堅利。

「喲，卡珊德拉。」

他用念書時的嘲弄口吻說。

聽到如此充滿惡意的口吻，我立刻察覺自己犯下的愚蠢錯誤。

堅利沒有改過向善。從過去到未來，始終如一。

「又有人要死了？你的病人裡感覺快不行的，就是四〇三號房那個老頭吧？」

堅利語氣飛揚，中間甚至摻雜竊笑，笑完繼續說：

「每當你來這裡休息，就表示有人會死。我很早以前就發現了。醫院這地方真有趣，好多人在這裡死去。你失策了。你不該當護理師的。」

「……你說、什麼？」

我好不容易擠出聲音。雖然是質問，但此刻我已領悟答案。

「你讓我做了一場有意義的實驗，」堅利維持飛揚的語氣，「比方說，那個誰？哦，名字叫做胡桃。男生私底下都叫她牛奶桶，因為她皮膚白、個子小，只有胸部特別大。男醫師都說，如果只想玩玩，找那種女生最合適。但是啊，那女人誤會可大了，竟然以為當護理師能和醫生結婚？醫生才不會選護理師當妻子，這還用說嗎？除非長得特別出眾，家世顯赫，或是私人醫院的獨生女，那當然另當別論。就憑她……？胸大無腦的女人最好操控了，我故意趁休息時間在她面前露出空隙，她馬上就上鉤了，簡直掃興。怎麼有人笨到打騷擾電話還留下自己的電話號碼？我真沒料到她會蠢成這樣。」

堅利在月光下愉快地揚起嘴角。

「……所以，櫻井醫師辭職，也是你設計的？」

聽到那位身心失調而辭職的醫師名字，堅利加倍愉悅地訕笑。

「哦，輕輕鬆鬆。胡桃和櫻井，這兩個人其實很相似，走路搖搖欲墜，讓人忍不住想把他們推倒呢。這是人之常情。不過老實說，太無趣了。」

堅利如同孩子般天真無邪，若無其事地說出恐怖的話。

「比起他們，你有趣多了，卡珊德拉，悲劇的預言家。像我這種立志當醫師的人，過去從不相信沒有科學根據的現象……直到遇見你為止。察覺你的能力之後，我始終抱持懷疑，也思考過，這會不會是心理學的自我實現預言？

「但無論套用任何理論，都無法解釋你的行為。你和其他人明顯不同，不受騙上當，不受任何操控影響，而且從一開始就對我抱持敵意。我立刻猜到原因。因為，我手中握有你的弱點。沒錯，你最寶貝的好朋友。

「我始終感到好奇，你為何堅持要和惠美做好朋友？應該有不少無聊人士嘲笑你是惠美的陪襯吧？就算惠美是一個平坦、表裡如一的女人，從不計較身分高低，你和她走在一起，還是容易惹人說閒話吧？與身分相等的人當朋友，就不會遇到這些問題。

「但我要恭喜你，你和惠美情投意合，她很常和我提到你。善良的她時常為你操心，弄得自己也不好受。例如，她知道你住醫院的員工宿舍，身上沒什麼錢，卻把大半薪水匯回家。這不是很奇怪嗎？你或許認為這很普通，事實上完全不合乎邏輯。惠美時常為你叫屈，你的父母——尤其母親，明顯對兩個孩子偏心。無論在金錢物質層面，還是做為父母應有的愛。聽說他們極盡寵愛年紀小的弟弟，把你當成奴僕使喚？如果這是一場人類的教育實驗，概念還算有趣，只是結果顯而易見，太乏味了。受盡家人百般疼愛的弟弟，現在毫不意外地成了一個家裡蹲！他可以在家中當大爺，但外面的世界可沒如此好混……啊，聽說你的弟弟叫做徹？從各個層面來看，都令人啼笑皆非呢。

「至於你，就是所謂的長女特質？拚命扮演一個好孩子，做任何事都很努力、能忍耐，你就這麼想要得到媽媽的愛嗎？不，不可能。因為媽媽的愛，全都給了可愛的弟弟呢。

「反觀惠美呢？集家族寵愛於一身，如掌上明珠被捧著長大。光這一點就令你憧憬不已，她是你心目中的偶像。完美的品格、漂亮的外型、聰明的頭腦、各種才能……這些東西在你眼裡不過是選項。真正的你，只是想要和惠美一樣被疼愛罷了。受人疼愛、被家人呵護。這沒什麼，你只是羨慕她，想成為她而已。你對惠美的心情，和其他芸芸眾生完全不同。惠美是你無法放棄憧憬的理想化身，因此，她的未來讓你眼前發黑。而我正是元凶。

「一路看著你拚命隱藏敵意做困獸之鬥，真的相當有趣呢。你的抵抗如微風輕搔，不痛不癢，連我都忍不住替你感到可憐。老實說吧，平凡善良的你想和我鬥，未免過於天真。即便你真能預見未來，沒有聰明的手腕、權力、人脈……都只是白費力氣。如同麻雀對上猛禽，只能吵吵嚷嚷。所以，我完全同意惠美的說法——看著你便感到心痛。真可憐啊。當我得知你提前來到我任職的醫院布局，如此奮力掙扎，我都忍不住要落淚了呢……因為實在太可笑了。正常來說不會做到這種地步吧！你究竟多沒自尊？我甚至倒胃口了。不過，我還是很高興有你在，讓我做了好多有趣的實驗。

「我做的事和從前沒有太大的不同。除了胡桃和櫻井之外，我還悄悄對許多人散播了小小的不幸種子。這點程度的手法，換作從前的你早就識破了。

「卡珊德拉啊，你無疑是悲劇的預言家。但是，不幸也有輕重之分，輕則治療就會痊癒，重則不幸死亡。譬如今夜即將斷氣的老頭就在你的預知範圍。這裡是醫院，死過不少人，未來也會持續有人斷氣。死亡是最大的悲劇，這裡有太多重大的不幸，以致於你再也無法看見小程度的不幸。因為相較之下顯得不值一提。

「事實上，你根本不該當護理師。待在這裡，你只會被死亡蒙住雙眼。城市的光害太過明亮，以致於看不見夜空中的星星，兩者道理相同。

「——所以，這場比賽是你輸了。」

我聽著堅利漫長的演講，無言以對。

臉頰至下巴不知為何沾滿淚水，堅利愉悅地俯視我落淚的樣子。

「……很好，我盡情欣賞到你醜陋哭泣的模樣了。盡忠職守的護理師小姐，你該回到工作崗……」

我終於忍無可忍，打斷堅利的戲弄言詞。

「惠……她……只要是你想要的事物，她都樂於施予奉獻。你到底還有什麼不滿？她絕對可以為你帶來幸福，給你溫暖祥和的人生……」

「我不需要那種東西，」這次換他打斷我，「一眼就能望盡、彷彿預見一輩子的平穩人生，到底還有什麼樂趣可言？平坦順遂的人生？去吃屎吧！人生而平等？一派胡扯！你不也親身領教過了？我追求的是顛簸崎嶇！我恨不得狂瀾四起！站在高處俯瞰眾生最美妙了。只要我的一言一行，就能讓人浮上海面或沉入海底，這是多大的樂趣啊！」

「……即使最後連你自己會葬送地獄也無所謂？」

「哈！」堅利短笑一聲。

「既然如此，我更要挖洞把旁邊的傢伙踢下去。你剛剛問我有什麼不滿？我怎麼可能還有不滿？惠美是完美的女性，和我相當匹配。

「所以，下週我會敲定結婚日期。你再怎麼說也是新娘摯友，即使不起眼，也會努力裝扮出席婚禮吧。我會坐在高高的位置，盡情欣賞你絕望的表情。再見了，卡珊德拉。」

堅利如此宣示完畢，掉頭離去。
眼前只剩皎潔的月光從天而降。

12

老實說，眼看婚期一天天逼近，我甚至想過，有沒有可能一舉破壞婚禮？腦中出現廉價肥皂劇的劇情：婚宴進行到一半跳上舞台，哭哭啼啼大吼大叫：「我的肚子裡懷了堅利先生的小孩……！」

當然，倘若真的實行，肯定造成現場大亂，婚宴也會被迫中止吧。但僅止於此，人們很快就會識破謊言，惠將永遠痛恨我、輕視我。想當然，來賓中有許多醫院關係人士，犯下愚蠢過錯的護理師必然被解僱。震怒的雙方家族人馬會提出驚人的損害賠償費。鬧到這個地步，恐怕還是無法將惠拉離堅利身邊；甚至可能因為多了「我」這個共通敵人，使他們同仇敵愾，加深彼此的羈絆。

這種情形不用預知也能預料。

儘管知道做蠢事不會有好結果，仍必須防範狗急跳牆……這恐怕是堅利的考量。堅利的外在形象完美無瑕，絕不容許人生最重要的結婚典禮受到一絲損傷。他預測我可能採取破壞行動，於是提前來到我面前，把我擊沉。

結婚當天，我如同擺飾，靜靜坐在位子上，沒有做出任何破壞、玷汙婚禮的舉動。

很快地，我離開了堅利任職的醫院。當然，我也搬離了醫院宿舍，換到從老家可以通勤的醫院上班。那是一家由老院長先生開的小醫院，遇到無法救治的病患會立刻寫介紹信轉院到大醫院，因此，我在新職場幾乎嗅不到死亡氣息。

目前的狀況和我過去預見的未來有點出入。首先，堅利並未撕裂我和惠的友誼，同樣招待我去新家作客。那是一棟保全完善的高級大廈，內部裝潢和家具美到宛如連續劇場景。在那裡迎接我的新婚夫妻，彷彿從劇中走出來。

我就像不小心闖入錄影現場的一般民眾，坐立難安。堅利察覺我的焦慮，不時投來嘲諷的笑容。

而最重要的是惠看起來像個幸福十足的小女人，我以此說服自己，目前已經偏離悲劇未來的軌道。不過，這或許更接近我的期望。現階段我仍看不見遙遠以後的未來，看見的全是曾經照顧過的病患如何死亡。要脫離過多的死亡預知，還需要一些時間。

換到新職場，除了心情放鬆不少，我終於可以好好休息了。不用值夜班果然輕鬆許多，此外也少了擔心病人突然病危的莫大壓力。更重要的是，遠離堅利這個最大壓力來源，我終於真正獲得喘息。彷彿在密閉房間瀕臨窒息之際，終於成功打開窗，大口呼吸新鮮空氣。腦中的黑霧逐漸散去，我多次告訴自己：這麼做是對的。為了拯救掉入沼澤的人，自己也跳下去——這是多麼愚蠢的行為。無論如何，我需要先爬上岸，重整態勢。

我不確定這個決定是吉是凶，只知道繼續待在上一家醫院和堅利耗下去沒意義。換了工作地點，我變得更容易和高倉彌子見面，這令我開心不已。小彌是我在成人式當天認識，人生少數的好朋友。小彌常嚷著要見面吃飯，可惜彼此的時間總是對不上。小彌自己有兼差，還是三個孩子的媽，一會兒要接送孩子上下幼兒園，一會兒要準備孩子的活動，一會兒又要帶生病的孩子去看醫生，忙碌程度不輸給護理師。

因為不用輪班，我可以確實在例假日放假，平日也極少加班，加上回老家的距離縮短，想見面隨時能約。

我開始頻繁去高倉家玩。小彌的老公正義開朗明快，個性直爽，說話從不兜圈子，更不會露出意有所指的眼神或笑意。三個孩子吵鬧又可愛，每次去他們家玩，都是我輕鬆療癒的時光。

只要和小彌他們見面，話題中必定提到阿護。聽說正義仍和他保持聯繫，只是他很久沒回老家，約不到人。我和阿護也是成人式那天最後一次見面，情況和他們相似。當我們聊著「不知阿護現在在做什麼」，我的眼前忽然跳出未來畫面。

在熱鬧的陣容裡，有阿護的身影。成人式慶祝會的成員幾乎重新集結，只見正義高舉酒杯吶喊：

「慶祝森野護光榮返鄉，乾杯！」

大家跟著高喊乾杯，其中也有人喊「喲，恭喜升遷」。

我的心情不禁飛躍，不小心說出口：

「阿護好像要回來了，因為調職。」

「咦，真的假的？什麼時候？」

正義追問，我回答「最近吧」。就在這一刻，阿護本人傳來訊息，告知自己因為人事異動，即將返鄉，我立刻通知在場所有人這個好消息，大夥兒約好要幫阿護舉行慶祝大會。

阿護要回來了。我預知到他要回來了。我重新看見了。不是人去世的哀傷未來，而是雖然微不足道，但是非常開心、幸福的未來。

隨即在下個月舉行的「阿護光榮返鄉會」真的很愉快，應該是近幾年我遇過最快樂、最開心的事情了。阿護完全沒變，我因為他和從前一模一樣，發自內心感到欣喜。

事實上，我搬回家裡住還有另一個原因。母親多次和我求救——是的，正是關於弟弟徹。

阿徹從高中一年級的六月起，開始拒絕去學校上課。由於他什麼也不肯說，原因至今不明。學校老師再三強調，阿徹在學校沒有遇到霸凌。追究起來，應該是他期中考成績太差，老師鼓勵他要多加油，僅此而已。老師明白表示，問題出在阿徹身上。

父親工作繁忙，時常忙到深夜才回家。他生性寡言、缺乏威嚴，無法按照母親的期望採取激將法，跑去學校理論，或是逼迫阿徹外出。當時父親剛升任管理職，週末多半疲累至極，不是在休息，就是外出處理公務。

我當上護理師之後，情況依然不變。我決定離家搬去醫院宿舍時，母親衝著我發脾氣：「叛徒！你們都只顧著自己，把家裡的責任全丟到我身上！」

我當時很苦惱，也考慮過暫時留在家裡，但是惠認為「無論如何，你應該先搬出去」，在背後推了我一把。惠聽我訴說了很多煩惱，並且給予建議。說來奇怪，我本來是為了幫助她，才決定去堅利即將擔任醫師的醫院工作，結果反過來變成她在為我打氣。

關於阿徹，他的未來看似沒有太大的變化。雖然對本人和家人都不好受，但並不會危及性命。只要活著，總有辦法。這也是我當初毅然搬出去的原因。

結果變成好像是我拋下母親，我也感到很抱歉。母親常責備我「派不上用場」，但只要有我在，或許能避開厄運。我希望這次回來可以幫上母親和弟弟的忙——可惜，我無法把內心的想法告訴母親。

總之，我搬回家裡，不但多出自己的時間，也能幫母親分擔家務。

阿護的老家就在附近，我們時常不期而遇，一起去吃飯喝酒。我好像缺乏自覺，原來我以女性來說酒量很好，令阿護驚訝連連。我們從出生就認識，現在一起喝著酒，回頭想想，真是不可思議。

之前曾聽朋友訝異地說，我喝酒之後，神情和語氣毫無變化，我自己也感到奇妙。儘管不明顯，但我只要喝了酒，腦袋深處就會變得醺陶陶，看不太見預知畫面；取而代之地，會閃現出近似妄想的幸福光景。酒雖然可以為我帶來片刻的休憩，但我並不想時常酒醉。那就彷彿蒙眼走在野獸出沒的森林，非常危險。

無論如何，與阿護相約去連鎖居酒屋吃吃喝喝，是我最放鬆的時光。唯有此刻，我能忘記險惡的未來。

某天，阿護不經意提起惠的話題。他聽根津同學說，惠結婚了。

「是啊，我有去參加婚禮。惠好漂亮。」我說得彷彿昨天的事，但其實惠已結婚數年。然後，我不再聊起惠，以「朋友都結婚，連我也急了」模糊話題焦點。

此時，我正處於動不動被問「有沒有好對象？」的微妙年紀，每當這時候，我會連續丟出「我毫無異性緣」、「我早就放棄當女人了」等等自我消遣的台詞，「啊哈哈」地傻笑帶過。

阿護很貼心，仔細地想著如何接話才不會傷害我。

接著，他忽然說，如果我們彼此到了三十歲都沒有對象，要不要交往看看？

這不是所謂擁有「孽緣」的男女，心血來潮相約喝酒時常常出現的台詞嗎？算是一種互相嬉鬧的方式吧？

然而，剎那間，腦海裡出現一片老童話般的場景。

我看見一對老爺爺和老奶奶，彼此笑呵呵地坐在老屋的緣廊喝茶。兩人踏著慢悠悠的腳步，並肩同行。接著，畫面跳到最後一天，老爺爺躺在醫院病床上，握著老奶奶的手說：

「謝謝你給了我美好的一生。」

我的眼眶溼了。

當下的我早已知道，未來絕不會有這種發展。所以，這只是一場幸福的夢。僅限此刻，藉由酒精和阿護帶給我的溫柔好夢。說來，阿護也只提到「交往」，眼前的幻想未免飛太遠，我忍不住笑出來。

「……聽起來，還不賴。」

我低聲回答。

同時心裡想著：如果可以實現，該有多好。

13

當我終於差不多適應新職場，惠開心地向我報告懷孕的消息。我們很久沒見面喝茶了，惠一坐下便迫不及待地向我報告喜訊。我因為措手不及，不自然地頓了一下才祝賀「恭喜」。

由惠親口告訴我，是我過去不曾看過的畫面，但懷孕的時機是不變的。細節上出現變化，表示此刻我們的關係已出現重大轉變。在過去預見的未來當中，來到這個階段時，惠和我已經避不見面，處於失聯狀態。

然而，大方向沒有改變。

聽到的當下，我恐懼到雙腿僵直，差點說不出「恭喜」。

這次報告，就是我最後一次見到惠本人。端看這個事實，未來等於沒有改變。差別僅在於我沒有被她討厭。惠的害喜症狀比一般人嚴重，時間拖得更長。聽說反胃到吃不下東西，體重驟降，暫時要住院調養。

因為惠隨後還有傳訊過來，我問她：「為什麼不乾脆在堅利任職的醫院待產呢？」惠這樣回答我：「聽說那裡的婦產科醫師和堅利同梯，給認識的人看診，總是怪怪的嘛……而且，附近就有一家專由女醫看診，評價很好的婦產科呀。」既然如此，那就沒辦法了。倘若惠在我任職過的醫院待產，我多少可以取得可靠消息，這下子只能乾著急。

惠一定得了妊娠劇吐症。即使已進入穩定期，仍持續出現惡性嘔吐，聽說惠為此所苦，陷入憂鬱狀態。

為什麼是「聽說」，因為全是堅利轉述給我的。不知為何，惠不再接手機；家裡的電話無論怎麼打，接的人都是堅利。他用彷彿聊天氣的開朗語氣，聊著惠遇到的難關。

「每個人都會因為身體不適而沮喪。況且對女性來說，生第一胎應該很緊張吧？」

他刻意反問我根本無法回答的問題。

「如果可以，我想見見她本人，為她打氣……」

若是提出見面要求，堅利就會打斷說：

「謝謝你的好意，但妻子很在意家中凌亂、不適合見客……她因為身體不適無法打理，一方面又有潔癖和完美主義，只能請你多包容她。如果我能幫忙打掃該有多好，無奈工作太忙，對惠美真抱歉……」堅利的語氣彷彿萬分遺憾，「別說你，她的狀況差到連自己的母親都不肯見，也不願意請專人打掃。」

「家中不方便，也可以約在外面喝茶……」

「她身體不舒服，你沒聽懂嗎？」

話筒傳來誇張的嘆息聲。堅利明顯對聽不懂暗示的人流露不耐煩。

我向來不擅長應付日常生活中容易語氣不耐煩的人。但是，懂得運用態度和口吻施壓的人往往更恐怖。

他們多半在有所自覺的前提下，以此做為武器。只要讓對手害怕，自己就贏了——這是他們的想法。

堅利的情形則和上述的「展現優越」略有不同。他是在做實驗，在試管滴入不同的試劑，靜待結果出爐——我是這麼認為的。

我一直很怕他。滿月之夜的宣示對我造成莫大的陰影，使我發自內心感到恐懼。當時被他刨挖的心，至今仍在淌血。

我們同樣是人。而且我能洞察先機，提前布局，理應占了上風。然而結果卻按照他的期望走，幾乎沒有改變。我感到相當害怕。

我總是像隻驚弓之鳥，膽怯驚懼。害怕堅利。害怕被惠嫌棄。害怕自己承受重擊，無法振作。

我明明能做更多事。明明還有其他手段。

而我卻無能到找不出對策，像個膽小鬼……只敢原地踏步。

我嘗試打電話到惠的老家，和我想的一樣，惠的母親和外婆也很擔心她的狀況。聽說惠在電話裡強調「我沒事」，但拒絕親人登門探視。連親生母親和外婆也排拒在外，並非特別排斥我。

沒有時間猶豫了。等孩子出生，惠只會更不自由。

走到這一步，只能向惠的娘家求援。我說「想談談惠美的狀況」，他們一口答應。來到從高中起多次拜訪的豪宅，惠的雙親和外婆特別來到門前迎接我。見到懷念的面孔，久違的感覺朝我襲來——

小石子在水面滑行、跳躍，飛到了意想不到的遙遠之處。

無數的小石子同時拋出去，向前跳躍，最後全在同一個位置落下。

比方說，我預見了某個未來。

得知醫院名稱之後，我們挑了定期產檢日，前往醫院堵人……惠一見到自己的母親，竟然轉身就逃。話雖如此，孕婦畢竟動作不靈活，跑也跑不快。「停下來，很危險……」話才剛出口，惠就在樓梯滑倒。

眼前忽然一白，小石子再度跳躍。接下來出現的畫面，有在醫院痛哭失聲的惠，以及無從開口的我。堅利怒不可遏，表示將對惠的娘家和我提告。接下來……

惠出院之後，從自家陽台跳下去——絕望的未來，提早發生了。

除此之外，還有其他未來。我中止前往醫院的計畫，改去惠住的大樓。我們請人喬裝宅配員，成功誘使她開門。我和林家的男性成員一起闖入屋內，安撫惠的情緒之後，終於可以坐下來談。

「你為什麼不跟媽媽聯絡？」惠的母親半帶責怪地問，惠用判若他人的冰冷表情回答：「我已經不是林家的人偶。我沒事，你別管我。擅自闖進來會惹堅利生氣。」冰冷堅硬的口吻，令在場所有人不寒而慄。

這顯然不是那個溫柔善良的惠，簡直成了另一個人。

「惠美，你怎麼了？你從前不是這樣的孩子，你被那個男人洗腦了？」

母親聲淚俱下，惠卻毫無反應，只反覆說著：「快點回去，堅利會生氣。」膠著的狀態在第三者的介入下出現重大轉折……而且是往不好的方向。警察現身了。

「我們收到本戶主人報案。」警方走進屋裡時，惠對他大叫「救救我！」，使情況變得更為棘手。

後來我們得知，堅利竟然長期使用視訊攝影機監視妻子。但這只是我們的認知，堅利本人宣稱「這麼做是為了防範竊賊」。

無論在婦產科還是在惠的家裡，兩起事件分別有「我有沒有加入」的版本。此外，也曾以「外婆病危」將惠騙回家過。還有各種在不同時間日期的版本，每次都以失敗告終，頂多影響到惠自殺的時間早晚。其中一種試過在警察趕到之前強行把惠帶回娘家。然而，一般住宅哪關得住成年人，遑論他們根本沒想過要軟禁女兒，結果惠很快便逃回堅利身邊。如同魚兒自投羅網，實驗用的白老鼠自己回到飼養箱。魚和老鼠不知道自己的命運，牠們害怕安全的籠子外，於是自動回到只能等死的牢籠。

在選擇機率極低的其中一個未來裡，我對惠坦承：「其實我一直都能預知未來，你遲早會被堅利害死。」

惠用訝異和同情的目光注視我半晌，認真告訴我：「徹子真愛開玩笑……你最近有點反常，是不是工作太忙？要不要請堅利介紹心理諮商師給你？」

換作從前的她，不可能對我產生這種反應。

所有未來都顯示惠已經改變，主動被囚，最後慘死。數不盡的悲劇未來，使我澈底心死。

仔細想想，惠是我人生唯一主動親近的朋友。而她從來沒有拒絕過我，總是給予我滿滿的溫暖友誼。如今，惠彷彿成了外貌神似的陌生人，毫不掩飾對我的嫌惡。我感到很受傷，並且害怕面對這樣的她。

儘管知道問題出在堅利身上，但是，當我親眼目睹惠的拒絕和冷漠，依然難過到無法承受。除此之外，還有憐憫、輕視，這些都令我痛苦萬分。其中最煎熬的莫過於因為我而逼死她。

無數的小石子在水面跳躍，我看見無數種可能，卻都指向同一個結局。弱小的我，被澈底擊沉。

拜訪林家時，我一度因為承受不住痛苦的未來壓境而來，搖搖晃晃地當場倒下。醒來的時候，我發現自己被移到沙發躺著，滿臉是淚，相當狼狽。

我急忙起身道歉，表示自己很擔心惠美的狀況……只說了這些便沉默不語。林家的人面面相覷。

「其實……我們也很擔心那孩子，但既然本人都說沒事……她先生和醫師也說不用擔心，我們就不方便多加干涉。那孩子已經嫁出去了。」

和惠像同一個模子刻出來的母親如此表示，我再也無法多說什麼。

無論找任何藉口，我都在最後逃跑了。
逃避間接或直接成為需要替惠的死負責任的人。
如此一來，我就可以置身事外，痛恨堅利一輩子。
我知道自己很卑劣，但我逃跑了。
也許我早已在那個滿月之夜輸給堅利了。

——於是，世界迎向悲劇之日。未來以撞擊般的力道，成為了「現在」。

14

喪禮上，堅利賣力扮演傷痛欲絕的丈夫。演技之誇大，彷彿演出莎士比亞悲劇中的主人翁。

對我來說，這是目睹無數次的舞台重演。我早已看到不想再看，乾脆輕輕閉上眼睛。來到這一天，淚水早已流乾。重複看過太多次的光景，麻痺了我的感官。

我失敗了。未來沒有改變。

一切都結束了。我拿起唯一的武器，與發自內心恐懼的對手搏鬥。但或許打從一開始，這場戰鬥就毫無勝算。也許一切全是白忙一場。

該讓一切落幕了。人死不能復生，失去的無法重來。我永遠失去了此生最重要的朋友。

——也許早在堅利發現惠的那一刻，我便已失去她。

接著，遺體送入殯儀館附設的火化場，我不好直接回去，也不方便隨同惠的家族一起等，於是走到外面，抬頭望著惠化成的煙霧，緩緩飄向空中。我很喪氣，覺得一切都無所謂了。

就在這時，視野出現一道黑影慢慢接近。察覺對方身分的瞬間，我身體一僵。堅利穿著一身黑色喪服現身，如果不是懷中抱著扭動哭泣的嬰兒，看起來就像高級西裝品牌的型錄模特兒……

惠的寶寶快滿周歲了。聽說是女孩子，現在滿臉通紅，發出尖銳的哭泣聲。

「喲，卡珊德拉。謝謝你今天來。」

就連這種時候，他的語氣都不改輕快。

「……你終於害死她了。」

我好不容易擠出這句話。堅利誇張地聳肩。

「說得真難聽。我現在可是和孩子相依為命的可憐鰥夫呢……不過啊……」

堅利停下來，發出輕笑。

「搖搖晃晃走在懸崖邊的人，還真容易掉下去啊。太有趣了。」

「把她逼到懸崖邊的人，不正是你嗎？」

「真過分，請問我到底做了什麼？」

堅利搖晃小嬰兒，連聲哄道「哦，寶寶乖」，惠遺留的嬰兒卻哭得更大聲。我凝視她哭紅的小臉蛋，不由得渾身寒顫。

那是遙遠的未來發生的事……恐怕是十年之後。

「……這孩子叫什麼名字？」

我問，堅利露出意外的表情。

「怎麼了？你的表情真恐怖呢。她叫美瑠香，很美的名字吧？來，替我抱抱她。」

堅利不假思索便將孩子推過來。放下寶寶的他鬆了一口氣，想必平時很少抱小孩。寶寶換人抱之後，哭聲慢慢轉小，終於把臉靠在我的胸前，停止哭泣。她可能感覺回到母親身邊，很放心吧。這個抱起來沉甸甸又溫熱的小傢伙，是我摯友的親骨肉。

我因為慟失友人的哀傷與疼惜的心情，差點掉下眼淚。

我重新凝視懷中的小生命，問：

「你打算拿這孩子怎麼辦？」

「我是孩子的父親，孩子當然由我扶養。但我工作繁忙，只能請專人照顧了。」

「不行。這孩子不能給你養。」

我明白表示，堅利輕輕聳肩。

「唉，馬上就看見將來的悲劇了？不過，我不打算放手喔，她可是金雞母呢。」

他指的是林家的財產吧。

我稍作思考，對他說：

「但若孩子死了，你就拿不到錢了，對吧？」

「真不愧是悲劇的預言家。你是說，繼我失去摯愛的妻子之後，連她遺留的骨肉都將不保？那可就傷腦筋了。少了女兒，我只能顧影自憐。你知道解救美瑠香的方法，對吧？」

「把這孩子交給惠的娘家扶養。他們會好好將美瑠香養育長大。」

「這點子不錯，但執行上有困難。我身為孩子的父親，有權利和義務扶養她。林家有請顧問律師，隨便將孩子交給他們，最後連監護權都會被奪走。

「你恐怕不知道，惠美的外祖母將她過繼為養子。這是有錢人常用的減輕遺產稅的手法。惠美已死，這孩子具有隔代繼承權。那個老太婆怎麼看都活不長，對吧？換句話說，不用多久，就會有龐大的遺產下來。我當然得以監護人的身分，代為保管這筆錢了。」

堅利的薄唇揚起滿足的微笑。那雙狡猾的眼睛，恐怕連岳父岳母去世後的遺產也盯上了。因為，惠是他們家唯一的繼承人。

「可是，你的假設全建立在這孩子活著的前提下，對吧？」

我沉住氣，重複剛剛說過的事。堅利皺起眉頭，似乎很傷腦筋。

「是啊……我問你，有沒有其他提案？讓我和這孩子還有所有人皆大歡喜的好方法。」

我沉默下來，交互看著眼前穿喪服的男人，以及懷中的小嬰兒。

許多小石子同時躍向水面。

眼前有無數的未來。我從中挑選出我應該選的未來。

——如果看不見未來就好了。

我將迄今有過無數次的念頭，連同小嬰兒緊抱懷中，平靜而確實地說：

「——既然如此，請和我結婚。由我來養育這個孩子。」

聽起來很荒謬，但我絕對是認真的。

我以為他會一笑置之。只要他想，自動送上門當後母的女性肯定多如牛毛。不如說，堅利所扮演的「悲劇丈夫」、「不習慣育兒、笨手笨腳卻很努力的好爸爸」形象，可以挑起更多女性的母愛本能，相信會有許多充滿慈愛的好媽媽在堅利家的大門口排隊吧。

儘管可能性微乎其微，我仍說出自己看見的其中一種可能……以及那令人不適的台詞。

堅利只愣住短短一秒，緊接著捧腹大笑。身穿喪服，發自內心感到好笑地瘋狂大笑。

狂笑一陣子後，他說：

「啊，抱歉抱歉，難得有女性向我求婚，我的反應太失禮了。因為，這個提案完全出乎我的意料。唉，我還真想不出來呢。的確是個好主意。如此一來，孩子有了持有護理師執照的優秀保母，我也多了方便的清潔女工，你也終於熬出頭、當上醫師夫人，一切都能圓滿收場，對吧？」

我忍不住皺眉，堅利揚起嘴角。

「啊，我知道你對麻雀變鳳凰的套路沒興趣。但你的家人可不這麼想，對吧？你的寶貝母親呢？要不偶爾換我替你預言一下？我來說說準確率高達百分之百的未來吧。這件婚事一旦敲定，你的母親肯定歡天喜地，生平第一次讚揚女兒。誇讚你做得很好。接著一副唯恐被夫家嫌棄的模樣，拉著你上街，四處添購新衣、化妝品，帶你上美容院。這不是挺好的嗎？母女可以感情要好地上街購物一番呢。」

堅利情緒高昂，聒噪地推論出各種可能。

我思索，真是如此？接著不禁認同他的推測。我都能想像母親開心的模樣和那些畫面了。

我中了堅利藏在甜言蜜語中的毒藥。那是立即見效的劇毒。

「我從以前就在想，」堅利莫名興奮地接下去說，「你的能力若能善加利用，能成就多少大事？我說的不是無聊的日行一善。你難道不覺得興奮嗎？只要我們聯手，沒有得不到的東西。未來情報的價值有多大，你根本無法想像。不用擔心，全部交給我處理。我會把一切處理妥當。我是世界上唯一知道你能力的人，你是世界上唯一知道我真面目的人……」

堅利伸出右手想和我握手，見我兩手握拳，拍拍我的頭。

然後，用極其溫柔的聲音說：

「……我們一定可以合作愉快，你說對吧？」

15

堅利由於工作繁忙，聘了一位資深保母照顧愛女。那是一位長年任職幼兒園的中老婦人。家事部分則另外聘人打理，一切看似順利……但只有最初半年。

某日，保母突然腦中風倒下，儘管性命無虞，但必須辭職修養。

堅利為此大傷腦筋。足以託付寶貝女兒、信譽良好的保母本來就不好找，若在短期間內連續更換保母，也怕對越來越會認人的美瑠香造成太大的負擔。

就在這時，他想起了亡妻的摯友、前同事，現在任職小兒科護理師的平石徹子。

這全是重視外界風聲和評價的堅利精心策劃的劇本。我——平石徹子，憂心好友留下的孩子狀況，時常過來探訪。當然，專挑臨時保母在時察看。如此一來，不用擔心落人口實。

為了照顧摯友的遺子，平石徹子決意離開醫院，接受堅利的聘顧，成為孩子的保母。美瑠香本來就黏這位阿姨，反應非常好，為工作和育兒忙得焦頭爛額的堅利如獲救兵，大力感謝平石徹子的幫忙。終於，這份感激化作家人般的親情……大致如此。當然，堅利真正愛的始終只有惠美一人，只是，年幼的孩子需要母親，漸漸地，平石徹子也產生這樣的意願……如此這般。

整體的劇本——尤其最後部分，我認為差強人意，不過的確很好向人說明。

實際上進行時，美瑠香真的完全不親臨時保母。上一位老保母照顧時，雖然也不到很親，但對新人的拒絕反應相當明顯，不但掙扎抵抗擁抱，還會發出尖銳的哭叫。如果換成我來抱，她會稍微乖一點。理由不確定，但我認為是惠的血液使然。堅利嘲笑我的說法毫無科學根據，但說穿了，我本身的能力也無法用科學解釋。

無論如何，美瑠香的確不是好帶的孩子，臨時保母早早便舉雙手投降。為此，我不得不天天上陣幫忙帶小孩，並且忍痛辭去兒童醫院的工作。

等喪期結束，我們立刻拜訪惠的娘家。為了揮別過去，我主張應該由我們一同登門，正式向兩老請安，堅利勉強接受。

這一年來，堅利總以工作忙為藉口，不讓美瑠香與林家人見面。我光想像他們一家有多麼擔心孫女便感到痛心。我主張應該帶小孩一起來，但堅利果斷拒絕，因此，美瑠香現在托給臨時保母照顧。

由於已事前知會此次來訪的目的，惠的家人看見我和堅利一同登門，並沒有表現出訝異，只是，他們的態度必然和從前不同，變得很見外，注視我的目光也顯得五味雜陳。那是哀傷嗎？質疑嗎？或者覺得受到背叛？

喪期才剛結束，女婿竟然勾搭上亡女生前的摯友……這對惠一家人來說，肯定不是愉快的消息。知道自己勢必被敬愛的一家人輕視、厭惡，感覺並不好受。

——但是，我沒有其他方法。

我只能用力盯著自己的膝蓋，逃避他們質問般的眼神。在我內心掙扎時，堅利倒背如流地搬出那套「適用於任何場合都不會丟臉的再婚經過」。

「徹子小姐剛對我提出結婚的想法時，我第一時間也覺得不可能。我現在依然深深愛著惠美……沒有一刻忘記過她。但是……徹子小姐對美瑠香付出的關愛絲毫不假。她把美瑠香當成親生骨肉般疼惜、為她操心……我也由此察覺，徹子小姐和我一樣愛著惠美、愛著她留下的骨肉，我們是同路人。於是，我開始認為，這不失為組成新家庭的一種可能。」

我愧疚地抬起頭，看見惠的母親以手帕擦拭眼角，頻頻頷首；惠的父親表情沉痛；外婆不改僵硬面容。

等堅利終於停下話語，惠的父親忽然開口：

「……徹子小姐，方便讓我和堅利單獨談談嗎？」

「是，當然沒問題。」

堅利馬上回答，我則像個傀儡娃娃，僵硬地點點頭。

「芳美，你也一起去談。」外婆一聲令下，惠的母親急忙起身。這兩人雖然是親生母女，個性卻不太像。我常聽惠說：「雖然我家是以女性為主導者的家庭，但只有外婆特別有威嚴，並且德高望重。」

「……好了，徹子。」

等客廳只剩下我們兩人，外婆直接喚住我的名字，我努力挺直背脊。

「我這麼說可能讓你不舒服，希望你別介意。徹子啊，你當真打算和那個男人結婚？」

她開門見山地問，使我語塞。

「……您擔心這對惠美來說，是一種背叛嗎？」

我戰戰兢兢地問，外婆搖搖頭。

「我指的不是這個。那個男人……似乎哪裡不正常，簡直毫無人性。」

「這……」

這點我最清楚明白。

見我支支吾吾，外婆的視線帶有一絲憐憫。

「我們不能把你蒙在鼓裡，就讓我告訴徹子吧。我們家打算收養美瑠香，並將她正式過繼為養女。我們看準那個男人很快就會再婚，打算趁那時候向他談判。」

聽聞消息，我並不訝異。因為我早已預見，而且知道更遠以後的事。

「……他一定不會答應的。」

外婆凹陷的雙眼牢牢注視我。

「想必是吧。那個男人滿腦子打的都是我們家財產的主意。」

以我自稱未婚妻的立場，應該要馬上否認「沒這回事」，但我實在無法睜眼說瞎話。話雖如此，我也說不出「您說的是」，只好沉默不語，看在惠的外婆眼裡，無異於肯定。

「既然如此，那孩子等於成了人質……那個男人甚至不讓我們見小孩。唉，等我死了，他肯定大肆慶祝。」

外婆流露出懊悔的痛苦神情。我將額頭壓低在茶几，向她致歉。

「今天是我能力不足，沒能將美瑠香帶來，真的很抱歉。由我當孩子的母親，想必令各位很憂心，但請放心，我必定捨身保護她，今後也會盡我所能將孩子帶來親近各位，所以……」

「等等，我擔心的不只曾孫，還有你啊。徹子，這麼做真的好嗎？不瞞你說，我擔心你步上惠美的後塵啊。我應該早點警告你，別和那個男人有所牽扯。惠美也是，惠美的母親也是。我時常告誡她，咱們家的女人必須培養看人的眼光，成果卻差強人意。我警告她們好多次了，那個男人是惡魔，偏偏她們就是聽不懂。我不怪你，但別和那個男人在一起了。我是為你好，現在反悔還不算太遲，畢竟……」

就在這時，敞開的門的另一頭傳來竊笑聲。

「真是的，外婆，您在對我的未婚妻灌輸什麼呢？」

外婆皺了皺眉，接著因為堅利的一番話，露出痛苦的表情。

「啊，親口向您報告，我不打算讓美瑠香當養子。小孩還是應該跟著親生父親長大。再說，她也即將有一位可靠的母親了。對吧？徹子小姐。」

語畢，堅利掃視在場所有人，輕輕揚起薄唇兩端。

「——祝那個臭老太婆早日進棺材……」

才剛踏出林家大門，堅利便用憤恨的語氣喃喃自語。我驚訝地回頭看他。「開玩笑的，這叫黑色幽默。」他輕快地笑著說。

「聽起來不像玩笑。」

我淡淡表示，堅利口蜜腹劍地聳肩回應：

「怎麼可能？她可是我們家美瑠香重要的外婆呢。啊，應該是曾外祖母。人們常說，孩子只有父母的愛是不夠的。還得有外公、外婆和曾外祖母注入大量關愛和金錢才行呢。」

「你的父母呢？」

之所以這麼問，是因為我至今尚未見過堅利的任何家人。「沒必要。」他總是如此回應，我無法繼續追問。

「話說回來，令堂的反應和我預測的一模一樣呢。」堅利嗤之以鼻，彷彿在說，我的問題不值得回答。

堅利的「預言」確實應驗了。母親聽到這門婚事，高興得手舞足蹈。我長這麼大，從沒見過母親如此替我高興，迫不及待知會親朋好友；而且和堅利說的一樣，她擔心我樸素不起眼，拚命替我治裝打扮。連弟弟阿徹出生以前，母親都不曾如此關心我，我的感受相當複雜。

「你這孩子，怎麼連件像樣的衣服和包包都沒有呢？真丟人。」她拉著我上百貨公司，我表示沒有錢買那些昂貴物品，結果受到責怪：「你都沒有好好存錢！」我回道：「薪水我幾乎都拿回家了。」母親不知為何非常訝異。接著，我們分了好幾趟出門購物，終於買完正式的洋裝、搭衣服的包包，以及一套婚喪喜慶通用的高級黑色淑女套裝。東西買累了，我們便找地方坐下喝茶，討論還缺哪些物品，喃喃說著「偶爾吃吃應該沒關係」，在百貨公司地下美食街的餐廳櫥窗東看西瞧……這些時光，我過得很開心。倘若是因為其他動機而來，我一定會更開心、更快樂吧。

關於結婚典禮的形式，考慮到男方是喪偶再娶，因此預定只邀少數親戚朋友到場。堅利以「小而巧」來形容這場婚禮，但在我看來，已經鋪張華麗到尷尬的程度。

無論如何，見到多年來只會抱怨家門不幸的母親好像變了一個人，容光煥發、神采奕奕，也算是我小小的慰藉。我從未想過，自幼令母親失望的我，會以這種形式得到認同。實現了堅利的諷刺預言，令人頗不是滋味就是了。

如同惠的最後一天，我拚命祈禱永遠不會到來的「未來」，轉眼成為「現在」。

堅利認為不需要對外宴客，我同意他的看法。因此，當天僅在知名飯店的小宴客廳，舉行雙方家族限定的小型婚禮。

我穿上新娘禮服，準備進入會場。換上白西裝的堅利紳士地伸出手來。

「來，走吧，我的卡珊德拉。」

在雙開式門扉敞開的剎那間——

無數的小石子在我面前同時躍起。

16

突然大量湧入的未來畫面，使我一時之間愣在原地。

因為目睹摯友的喪禮，我現在站在這裡。

為了從無數悲傷絕望的未來找出一條活路，我逐漸走上細窄的道路。因為賭上那一絲可能，我現在站在這裡。

數不盡的未來，在門敞開的一瞬間，如同照射到光芒，變幻色彩。

千變萬化的未來使我一陣眼花撩亂，腦袋跟不上速度。正當我天旋地轉，好像快要跌倒時，有人撐住我的背。牢牢支撐我的，不是外科醫師的纖細手臂。

感覺更溫暖、強壯……

「徹子，你沒事吧？」

阿護擔心地偷看我的臉。

心臟用力一跳。

阿護為何在這裡？驚訝與混亂使我癱軟，更加倚靠在阿護懷裡。

新娘被新郎以外的男人抱著……這是根本不可能發生的異常狀況。新郎本人似乎也對眼前的景象大為錯愕。

我看見堅利表情一垮，震怒地大聲質問：

「你在這裡做什麼？」

阿護沒有回答堅利的問題，取而代之地，會場響起與氣氛不搭的活潑聲音：

「好了啦，別在重要的大喜之日大小聲嘛。」

「就是說啊。喂，站著不好說話，先坐下吧，醫生。」

會場前方出現看似非善類的一群人。他們轉眼間圍住堅利，故作親暱地攬住他的肩膀。他們是高倉正義和他的弟兄，金髮大城也來了。

我茫然思忖「他們怎麼會在這裡？」，阿護對我說「徹子，快過來」，半擁著我，把我帶過去。

「阿護，你怎麼來了？」

好不容易問出口，只見阿護咧嘴大笑。

「我代替阿徹過來啊。我最近常常跟他通電話，他提到姐姐要結婚，但他還沒有勇氣走到人前，這次不能勉強，我就代替他過來了。」

我一時片刻無法完全消化阿護所說的，只知道他很關心弟弟的狀況，最近時常陪他聊天，我竟然慢半拍才知道。

就在我猶豫到底該向他說「謝謝」還是「對不起」時，他把我扶到椅子上。這裡是平石家的家屬席，右邊是母親，對面坐著父親。

「你的臉色還是很差，不准亂跑，坐下休息。」

阿護說完，在我的左側座位穩穩坐下。那裡本來是弟弟的位子，而且，我這個新娘子坐在桌席也太詭異了。然而，我被出乎意料的事態嚇傻，僵硬地坐在椅子上。

為了逃避母親打量我的眼神，我專心注視前方。直到這一刻，我才察覺堅利罕見大吼的原因。

本來不該出現在堅利家屬席的人，全都來了。

我看見惠的外婆和雙親。美瑠香由惠的母親抱著。

我繼續疑惑地轉頭察看……隨即看見了熟悉的臉孔。對方與我對上眼，笑呵呵地揮手大喊：「小徹——」

她是我最喜歡、最要好的朋友，只是現在比起熱絡地打招呼，我更感到困惑。高倉彌子來了。她將頭髮蓬蓬地盤起，身穿肩部裝飾華麗的禮服。定睛一看，正義和他的夥伴全員穿著誇張的羽織袴褲，宛如成人式再現。

真懷念……我很想沉浸在回憶裡，但眼前的狀況實在太詭異了。

正當我心想「有沒有人能替我說明一下」，被強行帶到前方座位的堅利大叫：

「這是怎麼回事？給我解釋清楚，我會視情形採取法律途徑。」我感到有點意外，換作平時，堅利肯定早就喊著要報警，難不成，他不擅長應付正義這種人？因為是他至今無緣接觸的朋友類型吧……堅利離他們的世界太遙遠了。

想到堅利被孔武有力的流氓包圍，嚇得夾起尾巴的模樣，我不禁有點想笑。

「——總算變回平時的徹子了。」

我聞聲回頭，看到阿護一臉認真。

「你從以前就不肯主動求救。國中的時候有人送你老鼠，還是我跑去逼問，你才吐露其實很傷腦筋。真是的，你到底在幹麼？我看了很氣耶。我就這麼不值得依靠嗎？而且真正讓你傷腦筋的其實不是老鼠。不過，這就是徹子。不管我怎麼等，都等不到你主動求救。你絕對不會開口，所以，我今天帶著大夥兒過來，要把你身上扛的重擔統統搶走。」

阿護的聲音強而有力，我聽了內心一揪。

我不值得阿護如此義氣相挺……

再說，他似乎誤會什麼了。我完全不明白今天怎麼會變成這樣。

「……夠了吧！」

堅利大叫，甩開正義擅自環住肩膀的手。

「你們這些人在這裡做什麼？我要叫警察了。」

「我們可是正式受邀參加的貴賓呢。」

金髮大城從懷裡掏出喜帖，揮了又揮。

「我們也有收到喜帖。」

惠的外婆沉穩地說。惠的母親緊抱美瑠香，在旁輕輕點頭。連坐最後面的小彌都說：「我也有喔、我也有喔！」

「啊——由小弟我來代表大家，為各位說明……」

會場響起麥克風的聲音，說話方式細碎獨特。我見過那個站在司儀位置的男子，他是阿護的朋友，根津同學。

太多意外人物連續出現，我的腦袋差點轉不過來。

「本次參加典禮的女方親友團……啊，一人除外，其他全是平石徹子貨真價實的親朋好友……相反的，目前坐在男方影山堅利家屬席的人，全是影山僱來假扮的業者，也就是所謂辦活動怕冷場用的人頭演員。附帶一提，影山上次結婚也是委託同一家公司處理，這些演員表現可圈可點，所以這次也委託他們幫忙。影山先生請仲介出面，指定要找同一批人臨時兼差。」

「這是真的嗎？影山先生。真是難以置信……」

堅利沒有回答母親的問題，氣得直直走向根津，但因中間有正義等人做為人牆，實際上根本無法接近。

「這是在演哪齣鬧劇？你們究竟是什麼人？為什麼林家人會來？容我直說，這個結婚場地租金很貴，你們毀了我的婚禮，我必定要求賠償，你們付得起嗎？」

堅利說完，現場響起「呵呵呵」的笑聲，惠的外婆開口：

「先要求賠償啊。不意外，開口閉口都是錢。放心吧，這裡的費用全部由我們家支付。」

「可是……」

「哦？你看起來不服氣呢。因為我們家的財產遲早是你的財產，錢等於從你的口袋給出去，是嗎？很不巧地，我不打算用現在的方式分給你任何遺產，與其給你，不如全部燒掉。該怎麼辦呢？對了，我有一位喪偶的表弟，不如我來向他求婚吧。他比我年輕二十歲，肯定比我長壽。一半的財產就留給表弟吧，他是我們林家人，法律上沒有任何疑慮。表弟膝下育有四子，提早過繼財產給他也挺不錯。當然，女兒女婿也會分得大量遺產，名義問題我都處理妥當了。我還得繳龐大的贈與稅呢。

所以，我本身已經沒留下什麼財產了。」

外婆輕掩嘴角，高雅地呵呵笑著。

「如此一來，就算我死了，你也分不到多少錢……不僅如此，女兒女婿也計畫等過陣子平靜點了，要招養子進家門。不是小孩，這次是成年人。如果有年輕夫妻肯來我們家更棒，這樣就不用擔心之後再度有人圖謀不軌，為了財產來騙婚呢。堅利，你認為呢？」

「……我認為？」

堅利臉色陰沉地反問。

「如此一來，你就失去對美瑠香執著的理由了。那孩子將來只會繼承少數遺產，這樣也沒關係嗎？」

堅利扭曲薄唇，擠出微笑。

「外婆，您嚴重誤會我了。我怎麼可能因為沒有遺產就放棄愛女呢？我很訝異您這麼說，這令我相當不舒服。」

啊，我恍然大悟。惠的外婆說了「執著」，但這其實是在展現林家的執著心，如同在宣戰「我們願意放棄所有財產也不惜要保住美瑠香」。

「是嗎……」外婆平靜開口，「既然如此，我們也不會再多說什麼。請繼續進行婚禮。啊，對了對了，我已經交代飯店經理，請他們不要入內打擾，你大可以慢慢來，不用擔心時間。」

外婆就此說完，緊緊抿上嘴。

「……喂，徹子、徹子！現在到底是什麼情形？」

母親從剛才就不停小聲追問，我依然摸不著頭緒，一團混亂。

「阿姨，噓——你先安靜一點。」

阿護在面前豎起食指，語氣像在哄小孩。同時，隱隱騷動的會場突然安靜下來。

「好了，根津，請繼續。」

根津聽見指示，重新握好麥克風。

「好的，我繼續說明。剛剛有許多人在問，總之，如同各位聽見的，我叫根津。啊，名字不重要？重要的是職業對吧。別看我這樣，我好歹也是一名偵探。剛剛說到哪了？啊啊，關於這場鬧劇？」

根津一點也沒變，不知道腦袋在想什麼，說話態度不可一世。接著，他忽然像是換了個人，壓低聲音陰沉地說：

「——這是我的復仇，也是你殺死惠美應得的報應。」

17

堅利故作訝異，輕輕聳肩，然後張開嘴巴，八成想搬出惠死後那套說詞。

但他還來不及出聲就被打斷。

「你閉嘴！閉嘴閉嘴閉嘴！現在輪到我說話。你剛剛要我解釋，我現在就解釋給你聽。惠美是因為跟你這個混帳結婚才會自殺！她的外表乖巧柔弱，但是內心堅強可靠，若非遇到嚴重的事情，她不可能自殺！是你逼死她的！」

根津憤恨地說完，激動地喘著氣。堅利見機插話：

「哦？聽起來你似乎很喜歡惠美，請問她是你什麼人？」

他的語氣充滿嘲諷之能事，言下之意是「想想也知道不可能」。

「我們關係可大了！」根津抬高音量，「我啊，從國中一年級認識惠美起，就一直默默守護她。我總是暗暗躲在角落看著她，擔心她有沒有煩惱、有沒有被奇怪的傢伙纏上，結果卻……」

眼看根津越說越興奮，其他人不由得倒胃口。

「好可怕，跟蹤狂嗎……？」

「纏上她的奇怪傢伙，不就是阿津他自己嗎？」

正義等人低聲交頭接耳。成為話題人物的根津卻一頭熱地闡述惠是多棒的女性，自己多麼珍視她、努力保護她。被迫聽他長篇大論的堅利露出有點掃興、有點不寒而慄的表情。中間他數度嘗試插話，每次都被根津大聲蓋過，最後只能咬牙切齒。我還是頭一次看到堅利浮現懼色……不對，錯了。稍早他被正義等人團團圍住時，也明顯露出害怕的表情。

換句話說，這裡現在坐滿堅利不擅長應付的類型。

堅利擅長透過動作和表情故弄玄虛，並使用不讓對手有機可乘、精心安排的話術陷阱。他總是居高臨下，如同蜘蛛一般，慢慢奪去獵物的自由……這是堅利的武器，也是他擅長的套路。

然而，這套做法現在完全不管用。這些人擺明了不聽堅利說話，無論堅利搬出警察或是律師恫嚇都不痛不癢。正義一行人看起來就像仗勢欺人的凶神惡煞，就連根津也一副隨時會從懷裡掏出刀子的模樣，鬼氣逼人。借用正義他們的說法，看起來「很不妙」。事實上，這夥人已用看熱鬧的心情交頭接耳：「喂喂，那小子看起來很不妙耶！」

會場儼然成了根津一人在唱獨角戲。

「我以為你會帶給惠美幸福才忍痛割愛。我相信惠美選的老公一定不會錯，結果大錯特錯。我不是怪惠美，正因為她很單純善良，才沒看透你的本性。我可是偵探，在她死後澈底調查了你的底細，結果非常懊悔。我應該趁她還活著的時候調查的。你身邊自殺的人太多了。我先查到一個同期和你進醫院，之後鬱鬱寡歡請辭的醫生，他在離開醫院後有自殺未遂的紀錄。除此之外，醫院裡也曾經有住院病患跳樓自殺。」

「一派胡扯，」堅利忍不住回嘴，「那些人與我何干？醫院有人自殺一點也不奇怪吧？」

「也許是這樣沒錯，但我繼續調查你的大學時期，發現以你為中心的社團裡也有女子自殺。不僅如此，你高中參加的社團裡也有一個學妹自殺。國中的時候，班上有一名同學自殺。如果這全是偶然才可怕吧！我問了好多朋友，沒有人有這種經驗。不只自殺，你身邊還有許多罹患憂鬱症、拒絕上學、繭居在家、退學或轉學的人，只要深入調查就會不停查到。你或許會辯稱這些純屬巧合，和你沒關係，但我可是一一和可以聯絡上的受害者取得聯繫，向他們打聽詳情。怕了吧？我可是偵探呢。

結果啊，每個傢伙都恨你。我告訴他們，你要結婚了，其中甚至有人想打詛咒電話祝福你。我強調會替他報仇，才安撫他的情緒。感謝我吧？唉，等徹子也留下陰影就來不及了。對，說到徹子，你這混帳，居然把魔爪伸到惠美的好朋友身上！你知道徹子對我們在場的每一個人來說有多麼重要嗎！」

「哼，愚蠢，」堅利似乎終於恢復鎮定，高高在上地說，「向我求婚的人可是徹子小姐。來，走吧，徹子小姐。我不喜歡你和這些三教九流交朋友。拜他們所賜，好好的婚禮都泡湯了。我受夠繼續上演鬧劇。來，我們直接去公所完成結婚登記。」他拋出這些話，接著向林家宣告：「我日後會要求賠償。現在，我要直接帶美瑠香離開。」

但是，惠的母親緊緊將美瑠香摟在懷裡，不肯放開。惠的父親也輕輕伸出手臂，護著太太和孫女。

接著，阿護寬闊的背影在我面前起身。

「——你又是誰？」堅利的語氣相當不悅，「你大剌剌地坐在徹子小姐的家屬座位，但怎麼看都不像她的弟弟呢。」

「我是……」阿護停下來，大大張開雙臂，接著用驚人的音量大喊：

「我是徹子的青梅竹馬——！」

正義等人再度交頭接耳。「嗓門好大。」「他的表情不知道在得意什麼咧。」裡面充滿各式吐槽。

「哼，」堅利嗤之以鼻，「說穿了，你和那個叫根津的一樣，都是喜歡的女人被我搶走的喪家犬嘛。反正你們也只能大聲吠叫，根本不了解徹子小姐真正的價值。我們在你們無法理解的地方取得了共識。」

看來堅利已經完全恢復自信心。

而我仍處於混亂狀態。

自從推開通往會場的大門，未來就如閃爍的霓虹燈，眼花撩亂地變換色彩。儘管話題轉移到我身上，我仍處於僵硬失語的狀態。

「徹子，」和我一樣呆坐許久的父親，隔著母親輕聲喚我，「很多人反對你跟影山先生交往，是真的嗎？你確定要跟他結婚？現在反悔——」

父親應該想說「還不算太遲」，後面被母親迅速打斷。

「這還用問？當然都是假的啊。那群惡棍究竟打哪兒來……」

這時，站在前方的阿護回頭說：

「對了，阿姨，請別說他們的壞話。他們全是我和徹子重要的朋友，今天特地為了徹子趕來。對吧？徹子。」

他呼喚名字的聲音非常溫柔，我不禁屏息，迷茫地點了個頭。

儘管不曉得前因後果，但我相信大家今天是為了我，特別來到這裡集合。

「影山先生，」阿護這次面向堅利，「你剛剛提到徹子『真正的價值』，這傢伙的優點實在太多，忽然間不太好猜，但我在想，難道是那個嗎？——**預知未來的力量**。」

阿護若無其事地說出來，我倒抽一口氣。

「……咦？你什麼時候發現的？」

我好不容易開口就說錯話。這下想否定也來不及了。

阿護回過頭，露出複雜的笑容。

「嗯，總之我發現了。我從小就覺得你是個怪傢伙。說起來，我確定要調職回鄉時，第一時間就寫信通知徹子，但是徹子早就知道了……這是正義跟我說的，我總算一口氣想通長年以來的疑惑。回想起來，你動不動就做奇怪的事情，原來是這樣啊。主要是為了惠美吧。你拚命做那些事，就是想改變她的死，一定是這樣……我雖然覺得不敢置信，但不管怎麼想都是這樣。」

「我啊，之前跟蹤他們的時候，不小心聽見影山叫徹子『卡珊德拉』。這是女預言者的名字吧？」

根津插嘴說，正義一行人又開始竊竊私語：「不妙，他監聽人家耶。」「竊聽不可取。」「不妙，原來他是跟蹤狂。」

「叔叔，阿姨，你們一定也有感覺吧？很多時候都太巧了。」

父親和母親聽完阿護說的，先是面面相覷，接著輕輕點頭。

「這孩子第六感很靈……我甚至覺得怕怕的。」

後面那句母親刻意說得很小聲，但仍刺痛我的心。

「小徹，」朝聲音方向望去，只見小彌笑吟吟地說，「我家龍二能活下來，也是你的功勞，對吧？」

「我不用年紀輕輕變成殺人犯，也是託徹子大姐的福。要是坐牢就死定了。」

「我肯定也默默接受徹子很多幫助，譬如考高中那一次，」阿護瞅著我的雙眼，「老實說，我很氣。你為什麼不肯告訴我呢？為什麼要獨自奮戰？為什麼不叫我幫忙呢？我真的很氣耶，所以今天把事情全跟大家說了。別怪我喔。」

「阿護……」

我喊了一聲便茫然失語。小心翼翼地環視現場，眼神不小心對上惠的母親。

「……對不起。」

我下意識地道歉。

「為什麼要道歉？你獨自為我們家惠美奮戰了很多年，對吧……我還清楚記得見到你的第一天……你的表情彷彿見到相識多年的老朋友。我始終覺得你是一位奇妙的女孩，也和惠美提過這件事。」

惠的母親溫柔地說，我只能無力地搖搖頭。

「……阿護說的對，我要是早一點向大家求助，也許惠就能得救。所以，惠的死是我造成的。

「不對，才不是這樣。」阿護一邊說，一邊從胸前口袋拿出一疊紙片，排在桌面。那是照片。裡面有和堅利並肩而行的我。抱著美瑠香和堅利走在一起的我。我完全沒印象是在何時拍的，其中甚至有我和堅利的正面半身照。

「這些是根津拍的照片。」

阿護說明。正義一行人竊竊私語：「啊啊，那個是偷拍照。」「阿津真的很不妙耶。」

「徹子，你自己看看這些照片。每一張的表情都很哀傷，好像放棄了什麼，都快要哭了……你說這不是求救，什麼才是求救？所以，我一看到就決定過來幫你，其他人也是。」

「多娜多娜……腦中不由自主響起這首歌。小徹，你簡直像那隻被牽上牛車抓去賣的小牛。」

小彌從對面桌席說。

「叔叔，阿姨，你們自己看。女兒的表情這麼哀傷，你們忍心讓她出嫁嗎？」

父母看見阿護拿出的照片，紛紛臉色黯然。

「徹子呀，」惠的外婆開口，「想必你也清楚吧？惠美生前過得很幸福，所以，我們沒有任何人能阻止她追求幸福……哪怕知道未來也阻擋不了。所以這不是你的責任。」

「──那又如何？因為不小心看見美瑠香未來會死，所以要從我這個父親身邊奪走監護權嗎？」堅利忍不住嘲弄一番，「你們去跟律師說啊，只會換來眾人恥笑。」

無論怎麼做，堅利都不會放棄美瑠香。我知道這件事。

但我其實沒把「真正的未來」告訴他。實際情形遠比他所想的還悽慘。只是我已預見說了也是枉然，因為他聽到悽慘的未來之後，甚至會感到有趣。

本來美瑠香獲救的未來陷在五里霧中，現在卻……

現在，雲霧稍稍散開了，前方出現一道女性的模糊身影，年紀和母親相仿……

「──讓各位久等了！特別嘉賓到場！」

根津舉起麥克風高喊，眾人在震耳欲聾的擴音器聲中，同時朝門扉的方向望去。

提前看到對方身影的我，只是靜靜觀察堅利的反應。

起先是詫異，緊接著風雲色變，彷彿在乾淨的水箱投入一團泥，他的臉色瞬間摻雜了憎惡和憤怒。

想必這是他拚命戴上的假面具——在自己的表面鍍上的一層金剝落的瞬間。

「我來為各位介紹，這位是冰川光子女士……她是影山堅利先生的親生母親。」

然而，根津以誇張動作介紹的女性沒有走進來，她只是站在門口，對著注視她的眾人深深一鞠躬。

堅利沉默而粗暴地甩開混混們的包圍網，直直走向林家的桌席，伸手想抓住美瑠香。

頃刻間，眼前開出一條通往未來的路。

我扯開嗓門大叫：

「——**那孩子將在滿十歲那年殺死你。趁你睡著的時候，拿刀刺向你的喉嚨！**」

為了不讓惠的骨肉成為弒父凶手，為了改寫這個慘痛的結果，我走到了今天。

自從參加完惠的喪禮，我數度差點對堅利說出真相，問題是，在我看見的未來裡，說出真相之後，堅利總是會說：

「……哦？真有意思。接下來是一場玩命遊戲呢。」

想要解救美瑠香只有一個方法，就是在物理上分開這對父女。因此，我計畫以養母身分累積育兒功績，博取他的信任之後，再找理由帶著美瑠香遠走高飛。如此一來，我勢必得面對堅利的追捕，該怎麼躲、如何才能躲掉，將是未來的關鍵。為了阻止美瑠香成為弒父凶手，究竟需要付出多少代價？

我終日惴惴不安，彷彿要被這股來自未來的壓力壓垮。

原因不得而知，我只知道在堅利的母親現身的一瞬間，未來產生了劇烈變化。我在眾人震驚的注視下乘勝追擊。

「你將如克洛諾斯，被自己的親生孩子親手殺掉。你把美瑠香養成這樣的孩子，所以……」

我刻意用希臘神話人物來比喻，是為了呼應他總是戲稱我為卡珊德拉。克洛諾斯在預言中得知自己未來將被親骨肉討伐，於是一一吞掉自己的孩子，最後仍被小兒子宙斯殺死。

啊，故事裡也提到了「預言」。

就算擁有預知能力，果然也無法避開災厄。

不等我說完，堅利收回了欲強奪美瑠香的手，模樣像是突然察覺自己要碰的東西是汙穢之物。

「——既然這樣，美瑠香就給你們養吧？」

堅利說得輕鬆自在，語氣猶如將無用之物交易出去。

「過陣子派你們家的顧問律師過來。啊，麻煩使用特別收養制[9]。」

這等於聲明了，今後不讓美瑠香繼承任何遺產。

「……明白了，我們會將一切打點妥當。」

惠的外婆平靜表示。

「別忘了付手續費打賞我喔……不，我開玩笑的。」堅利發出竊笑聲，緩緩轉身面向我。

「徹子小姐，我們本來應該會是最佳拍檔才對，真遺憾啊……再見。」

堅利彷彿真的萬分遺憾，這是他的厲害之處吧。他做出寂寞的微笑，瀟灑轉身，直直走出大門，完全對佇立在門邊的親生母親視若無睹。

9. 日本收養制度的一種。如果使用普通收養制，小孩在戶籍上將同時擁有親生父母與領養父母兩組父母。特別收養制則重視養子與領養父母的親子關係，因此戶籍上只留下與領養父母的親子關係。

18

等堅利離去後，他的母親也卸下緊張，無力地在地面蜷縮坐下。我急忙趕過去，小彌也從另一側攙扶住她。

「差點就要……悲劇重演……那孩子果然……」

冰川女士癱坐在地，氣若游絲地喃喃自語。

「您沒事吧？」

我一邊問，一邊檢查她的脈搏。心跳偏快。

「對不起，今日任性地要求您過來。」

根津走來，深深低頭致歉。謙虛有禮的態度與方才判若兩人。

我們扶著她在椅子坐下，倒水給她喝。冰川女士稍微恢復平靜，不斷向我們低頭。她雖然身形憔悴，但是一位漂亮的婦人。

「方便請教關於您兒子的事嗎？」

聽到根津的問題，冰川女士抬起頭，神情忐忑。

「他雖然是我生的，但我們早已斷絕母子關係……他命令我不准再提這件事。」

「因為您曾經進過監獄？」

冰川女士略吃一驚，輕輕點頭。「咦！」我的母親在後方大叫。根津不受影響，繼續說：

「當年的案件寫道，您趁丈夫——堅利的父親入睡時，刺了他一刀，最後失血過多致死。如同先前介紹的，我是一名偵探，決定深入調查。我前往案發當時住在隔壁的人家打聽消息，得知當日深夜，您家傳出女性的尖叫。那位鄰居察覺事情不對，醒來從窗戶偷看您家。過了一陣子，浴室燈亮，鄰居看見兩道人影，分別是大人和小孩。此外還有女性的哭泣聲，與小孩的聲音說『都是媽媽不好』。可是新聞卻寫，當時家中的獨生子熟睡。——我就開門見山地說了吧。殺死丈夫的人不是您，是堅利對吧？」

這句話使全場屏息。

「……是我不好，」她雙手掩面，「我害怕丈夫害怕得不得了，卻沒有勇氣離開他，也無法真心去愛長得和他越來越像的兒子……所以，全是我的錯。早知道最後會變成這樣，我應該要帶著孩子逃跑。說起來，我當初根本就不該和那種人結婚。

如果……」

我靜靜聆聽她的假設。

——如果沒有預知能力，該有多好。

我是否和她一樣，因為不存在的假設而懊悔呢？

此外，我也再次感嘆，堅利果真是克洛諾斯。最後被宙斯殺死的克洛諾斯，當初也推翻了自己的父親烏拉諾斯，篡奪王位。

除非狠下心在某處斬斷輪迴，否則悲劇可能會世世代代重複上演。

冰川女士平復情緒後，數度低下頭，逃也似地迅速離場。

根津和總是注視未來的我正好相反，將職務化作力量，尋線追查人們的過往。其中包括堅利的過去，以及堅利隱藏的過去。根據根津的調查，事發之後，堅利由祖父母收養，但高中的時候，祖父母雙雙去世，他成為富裕親戚家的養子，趁機更改姓氏，徹頭徹尾化身為「接受偉大父母的教育長大，品學兼優的模範兒子」。

堅利的養父母現在應該仍健在，這場婚禮就算了，為什麼連和惠結婚的時候，都要請業者假扮親戚呢？原因不得而知，根津猜測他們之間可能發生了過節，從此交惡。婚後不讓太太與家人見面的理由，堅利大可隨便扯謊。只要婚禮當天蒙混過關就行。

「總之，那小子的阿基里斯腱就是他的母親。」根津說。

堅利不容許人生中有任何一絲汙點。因此，只要能善加利用生母存在的事實，就能「牽制」他。但其實根津說得更直接，用了「威脅」二字。

事實上，生母的出現並非令他感到羞辱或者受傷，而是澈底斬斷他的呼吸，讓他放棄扶養權。

效果之顯著，使至今牢牢不動的未來，產生劇烈轉變。

待堅利母子離去後，會場飄盪著慶典結束後的閒散氛圍。

「——好了，各位，雖然時間有點晚了，但要不要直接在這兒午間聚餐？我請飯店準備符合人數的份。」

惠的外婆提議請客，正義等人馬上開心歡呼：「耶——！」

「美瑠香應該也無聊了，請容我們先行告辭。」惠的外婆加上這句，我的父母面面相覷，趕緊起身交頭接耳「不能全部讓他們出吧」，他們考慮分擔費用。既然如此，我當然也有責任。當我起身想要加入，小彌隨即走來。

「小徹，你的臉色還是很差，要不要先去換輕便的衣服？」

經她一說，我才想起自己還穿著白禮服，忽然感到羞恥。於是，我請小彌陪我前往更衣室。

換回平時習慣的樸素衣服，綴滿花朵高高盤起的髮型反而顯得突兀好笑。小彌俐落地為我拆下裝飾和別針，將頭髮紮成簡單的圓髻。

「可以進來囉！」

完成之後，小彌突然朝入口喊道。回頭一看，阿護輕輕推門進來。

「嗨，我很擔心你，想過來看看。」

「我有發現你偷偷跟上來喔。」

小彌笑咪咪地說。

「啊，變回平時的徹子了，」阿護似乎放寬心了，小心翼翼地開口，「我……我應該沒有多管閒事吧？如果你有一點點喜歡他就糟糕了……不過，想到要是連徹子都步上惠美的後塵，我一定會後悔到抓狂，所以管他三七二十一……」

「啊，不用擔心，那倒沒有。」

我急忙搖頭否認。偏鬆的圓髻在頭上搖晃。阿護仔細端詳我的表情之後，開心地咧嘴大笑。

「太好了。」

看到他燦爛的笑容，我感到內心愧疚。

「阿護，有一件事我必須好好向你道歉。我知道怎麼道歉都不夠……」

那件事我一直隱瞞至今。

因為難以說明自己的能力，所以選擇不說——這只是牽強附會的藉口。我真正不說的理由是因為害怕。

我害怕說出口會深深傷害到阿護。真正的我其實膽小又卑劣，卻被當成具有正義感的人，他一定會失望。說穿了，我害怕被阿護討厭。

我咬緊牙根與膽小的自己對抗，慢慢將那件事全盤托出。

我粉碎了阿護的夢想，破壞了他耀眼的未來。

「我天生擁有預知能力……應該帶給大家幸福才對。我想幫助大家變得幸福，卻沒有一件事情做得好，沒有幫上大家。」

我吞吞吐吐、口齒不清地說，阿護努力聽著，最後搔搔頭。

「喂，你假設的『大家』裡難道沒有我嗎？」

「不，沒這回事，阿護當然也在裡面。」

圓髻又在我的頭上搖晃。

「喂，我就趁機說了，沒有你在，我就沒辦法變得幸福。你本來可能會在那場車禍中喪生，對吧？當然不行啊，那樣我也太不幸了吧。」

「……可是，你因為我的關係去不成甲子園耶。」

聽我說完，阿護用兩手搔亂梳得整整齊齊的頭髮。

「喂，我說想去甲子園，也是因為第一個聽我說出夢想的女孩子鼓勵我『你一定可以。我要去幫你加油』。我的夢想是想要你替我加油。我想要你只幫我一個人加油。這個夢想……現在還是一樣。我希望你過得幸福。如果可以，是由我帶給你幸福。這麼想的人可不只有我喔！其他人也是，如果徹子過得不幸福，我們也不會幸福啊。」

阿護一口氣說完這串話，整個人氣喘吁吁。我只是呆呆地望著頭髮變得亂七八糟的阿護。

「就是說嘛！小徹，你身邊有很多喜歡你的人，如果你過得不幸福，他們也無法幸福喔！」小彌用哄小孩的語氣說，「不過，裡面的第一名似乎是阿護呢。小徹，換掉禮服真可惜，機會難得，你直接和阿護舉行婚禮算了啦。」

小彌笑嘻嘻地取笑我，我和阿護你看看我、我看看你……急忙別開視線。

「小徹，聽我說，」小彌的聲音無比溫柔，「你因為看得見未來，所以一直過得很辛苦對吧。不過，千萬別把這件事看得太嚴重喔。因為啊，未來這種東西，不管是誰，只要活得久一點，都會看到啊。就算我們死了，也有小朋友替我們看啊。

這是多美妙的事情，對吧？」

經她這麼一說，我感到既想哭又想笑。我靜靜抱住小彌。小彌扭動身體，害羞地說：「我是不是說了很笨的話？」

「我本來正打算說這個。」阿護抱怨。

「對不起，獨占了小徹。啊，你想加入也大歡迎喔！」小彌打趣地說。

19

年齡越大，我越領悟到小彌當年的一席話是真的。

只要慢慢度過每一天，人遲早會抵達未來……任何人皆是。倘若想看見遙遠以後的未來，方法只有一個，那就是活得比任何人都要長壽。

如同看書，每天讀一頁，遲早會讀完。未來也是用這種方式，慢慢遞減厚度。年幼的我，曾被各種龐大的未來壓得喘不過氣，只能瑟瑟發抖。然而只要慢慢前進，總會來到最後幾頁。就連看不見未來的一般人，或多或少也能預測到結果。

當然，有一些書喜歡在最後來個大翻盤。人生也是如此，哪怕已走到最後，也可能突然發生大事，遇見轉機。

只是我現在讀的書，已不會再出現驚人展開，只剩下靜靜落幕。不再波瀾四起，不再突然掉入陷阱，不再受到別人惡意擺布。唯一擁有的，就是安穩平坦的日常。

阿護代替我發生車禍、惠的死劫，以及認識堅利之後，與他鬥智對抗的歲月。當時的我宛如撞上透明牆，像落入別人惡意設置的陷阱，度過失意且動盪的每一天。

但是，自從那場混亂的婚宴之後——事實上它還沒開始便以其他形式結束，我的人生極為平坦祥和。

當然，人生該有的驚奇一個也不少。

先來聊聊美瑠香吧。

在那之後，我頻繁造訪林家。一方面是我很擔心美瑠香的狀況，另一方面也是因為林家頻繁求助。

堅利曾在惠的喪禮上涕淚縱橫地說，美瑠香是敏感的孩子，這部分是真的。有什麼事情不如意，遇到任何不開心，她就大哭大鬧、亂丟東西、破壞物品，甚至動手打人——惠的母親疲憊表示。她細瘦的手臂上，清晰可見無數咬痕。

「惠美過世後，她在短時間內換了太多照顧者，幼小的心靈可能負擔太大了。」惠的外婆也嘆氣連連。

當時，躺在旁邊棉被上熟睡的美瑠香突然驚醒，發呆了一會兒。接著，她忽然跳起來，大叫「小徹——」，哭著抱住我。

沒過多久，惠的外婆詢問我願不願意當林家養女，希望我一同扶養美瑠香。

只有這一次，我沒有獨自煩惱，馬上找阿護商量。他輕描淡寫地說：

「挺不錯啊，我也幫你一起照顧。」

我花了數分鐘才察覺這是求婚。也許母親沒說錯，我確實常常在發呆。

於是，經歷了各項手續，我們結為三人家庭。我不但多了養父母一家，三人家庭也在兩年後變成四人家庭。

么子誕生時，老實說我很害怕。怕自己變得不愛美瑠香，或是無法愛新出生的孩子。

我的親生外婆，在我生產前不久過世。守喪時，大舅哭得肝腸寸斷，相較之下，母親顯得冷淡許多。

大舅責怪母親無情，母親回答他：

「因為，媽媽從小只疼哥哥呀，我對她來說可有可無。你不會明白我的感受。」

我忍不住盯著母親的臉。母親察覺我後，確實看了我一眼，接著看向他處。

母親當時尷尬的表情，始終歷歷在目。

不是每個人都能無條件地愛著子女。就算不將厭惡說出口，可能也會下意識地漠視，或是怎樣都無法和平相處……很遺憾，但人生或許就是如此。

但最後我放心了，因為一切全是杞人憂天。

小石子隨心所欲地跳向遙遠的未來。

到了這個階段，我開始深信自己坐上堅固可靠的人生大船。只要活著，總會遇到颳風下雨的日子。但是，我們的船不會沉。就算遇到大浪，也會循序漸進，乘風破浪。

——筆直地開往任何方向。

來聊聊其他人吧。

弟弟阿徹多虧大舅子阿護耐心陪他聊天、鼓勵出門，最後拿到高中畢業文憑，又去讀了專門學校，成功回歸社會。正義和彌子夫婦竟然生了第四個孩子。大城成功再婚，並聲稱這次一定沒問題。根津還是老樣子，精神奕奕地從事偵探業。

至於堅利，則在美瑠香十歲那年死亡。聽說他被過世病患的家屬在夜路上拿刀刺死。新聞只提到家屬遷怒犯案，其他受訪病患口徑一致地哀悼：「那麼好的醫師竟然死了……」聽說他最後並未再娶。

我本來以為自己連同美瑠香一起救了堅利，因此得意忘形，想不到錯得離譜。

接下來經歷了漫長的歲月。

阿護躺在醫院的潔白病床上。他留了長長的鬍鬚，無論怎麼看都是個老爺爺了。寬闊的身軀也縮小了。

醫師請我做好心理準備，但我的心情相當平靜。早在多年之前，我便做好心理準備；也知道不久之後，我將尾隨阿護上路。多虧於此，我的心情風平浪靜。我從來沒想過，擁有預知能力是如此美好的事。

沉睡多時的阿護微微睜開眼。我緊緊抓住他的手，察看他的臉，對他說：

「阿護，我在。」

「啊……」阿護笑了，「我夢見你了。夢裡的你……還是個小小的……女孩……想到你接下來得哭著獨自奮戰，我忍不住……我叫住了你，握住你的手，對你說……」

阿護如同夢囈，斷斷續續地述說夢境，喚醒了我遙遠往昔的記憶。

小時候，在車站月台上遇到的那個白鬍子老爺爺。

——只屬於我的溫柔神明。

「——願你未來常樂。」

阿護沙啞的聲音，與我的哭聲重疊。

他和我四目相接，朝我微微一笑……接著進入永眠。

原來是這樣。阿護，你也擁有了不起的能力呢。從遙遠的未來回到遙遠的過去，只為了給我一句救贖，經過了漫漫旅途……

原來從那麼早以前，阿護便救了我，一直守護著我。我的內心滿是感動。

摯愛的伴侶在我面前離開，如今，我的心情十分平靜祥和。

那一天，神明——阿護獻上祝福的未來，此時此刻，我幸福地置身於此。

——全書完

文字森林
READING FOREST
文字森林系列 019

我所預感的悲傷未來

いつかの岸辺に跳ねていく

作　　者　加納朋子
譯　　者　韓宛庭
總 編 輯　何玉美
責任編輯　陳如翎
封面設計　鄭婷之
版型設計　楊雅屏

出版發行　采實文化事業股份有限公司
行銷企劃　陳佩宜・黃于庭・馮羿勳・蔡雨庭・陳豫萱
業務發行　張世明・林踏欣・林坤蓉・王貞玉・張惠屏
國際版權　王俐雯・林冠妤
印務採購　曾玉霞
會計行政　王雅蕙・李韶婉・簡佩鈺
法律顧問　第一國際法律事務所　余淑杏律師
電子信箱　acme@acmebook.com.tw
采實官網　www.acmebook.com.tw
采實臉書　www.facebook.com/acmebook01

I S B N　978-986-507-259-9
定　　價　330 元
初版一刷　2021 年 2 月
劃撥帳號　50148859
劃撥戶名　采實文化事業股份有限公司
104 台北市中山區南京東路二段 95 號 9 樓
電話：(02)2511-9798　傳真：(02)2571-3298

國家圖書館出版品預行編目資料

我所預感的悲傷未來 / 加納朋子著；韓宛庭譯 .
-- 初版 . -- 台北市：采實文化事業股份有限公司 , 2021.02
面；　公分 . -- (文字森林；19)
譯自：いつかの岸辺に跳ねていく

ISBN 978-986-507-259-9(平裝)

861.57　　109020845

ITSUKA NO KISHIBE NI HANETE IKU
by Tomoko KANO

采實出版集團
ACME PUBLISHING GROUP